HEYNE
BÜCHER

Von Leonie Ossowski sind
als Heyne-Taschenbücher erschienen:

Stern ohne Himmel · Band 01/7817
Wer fürchtet sich vorm schwarzen Mann? · Band 01/7835
Liebe ist kein Argument · Band 01/7922
Weichselkirschen · Band 01/7954
Wolfsbeeren · Band 01/8037
Blumen für Magritte · Band 01/8183

LEONIE OSSOWSKI

WECKELS ANGST

Mannheimer Geschichten

WILHELM HEYNE VERLAG
MÜNCHEN

HEYNE ALLGEMEINE REIHE
Nr. 01/8255

Der Band erschien bereits
unter dem Titel
»Mannheimer Erzählungen«

Wilhelm Heyne Verlag GmbH & Co. KG, München
Printed in Germany 1991
Umschlagillustration: IFA-Bilderteam/Wolfgang Schmidt, Taufkirchen
Autorenfoto: Wulf Harder, Homburg
Umschlaggestaltung: Atelier Ingrid Schütz, München
Gesamtherstellung: Presse-Druck, Augsburg

ISBN 3-453-04867-9

Inhalt

Die Metzgerlehre 7
Das Gespräch 11
Vater und Sohn 17
Der Bruch 33
Josef und Frau Rosgalla 35
Weckels Angst 41
Littel faßt einen Entschluß 49
Der gute Tag 61
Krumbs Flucht 71
Zwölf Fragen über Schiebel 85
Nacherzählung 93

Die Metzgerlehre

Ein Schwein wurde geschlachtet. Es war Fietschers erster Arbeitstag, bisher hatte er noch nichts zu tun. Er sah nur das Schwein an und dachte darüber nach, wie es wohl sterben würde.

Fietscher hatte nie Metzger werden wollen. Er wollte nicht schlachten, nicht Fleisch schneiden, keine Wurst machen und nicht im Blut rühren.

Er wollte zur See fahren und das hatte man ihm verboten. Was also dann? Genau das wußte er nicht. Trotz vieler Vorschläge hatte er sich für nichts anderes als für das Aufdemwasserherumfahren entscheiden können. Trotzdem sagte der Vormund: Metzger. Jeder Widerspruch blieb sinnlos.

Also das Schwein. Es lief herum und quiekte und war groß und fett. Ein schönes Schwein, von dem man lange essen konnte, sagte der Bauer, während die Bäuerin Eimer und Schüsseln für das Blut zurechtstellte. Das Schwein lief hin und her. Nicht sehr weit, denn es war am Hinterbein an einen Baum gebunden und sah Fietscher unter rosa Wimpern an.

Steh nicht so rum, sagte der Metzger, dem – wie den meisten Metzgern – ein Finger von den Händen fehlte, hol das Schießeisen.

Fietscher lief zum Auto und kam unverrichteter Dinge zurück. Er hatte das Schießeisen in der Metzgerei liegen gelassen. Da fiel dem Metzger ein gutes Mittel gegen Fietschers Vergeßlichkeit ein.

Fietscher sollte jetzt das Schwein selber totschlagen. Die Bäuerin war dagegen, hatte das Schwein ein Jahr gefüttert und eine Beziehung zu ihm gewonnen, der Bauer nicht. Fietscher wurde blaß, und es würgte ihn im Hals. Das Schwein quiekte, zwinkerte und spürte Angst. Das sah Fietscher ihm an.

Ich kann nicht, sagte er.

Der Metzger war anderer Meinung, drückte ihm eine Axt in die Hand, stand mit einem großen Vorschlaghammer neben ihm, bereit, den zweiten Schlag zu führen und schon im vorhinein Fietscher nichts zutrauend.

Also los!

Ich kann nicht.

Da bekam Fietscher einen Schlag, nicht doll und vorerst nur ins Genick, aber er stolperte, fiel vorneüber auf das Schwein, umarmte es, um nicht in den Dreck zu rutschen, und sah sich Auge in Auge mit ihm.

Alle lachten: die Bäuerin, der Bauer, der Metzger.

Los!

Fietscher stand auf und wußte Bescheid. Auch das Schwein wußte wohl Bescheid, quiekte jedenfalls nicht mehr, zeigte Vertrauen und stand ganz still.

Da schlug Fietscher mit dem verkehrten Ende der Axt zu.

Es war ein großartiger Schlag. Das Schwein fiel gleich um. Der Metzger brauchte nicht zum Nachschlag auszuholen. Fietschers Schlag hatte genügt. Hohl und dumpf dröhnte er auf dem Schweineschädel, brummte noch nach und hinterließ keine Spur. Das Schwein hatte nicht einmal mehr Zeit gehabt, die Augen zuzumachen, so gut saß der Schlag.

Der Metzger war sehr zufrieden, warf den Hammer weg und stach das Tier ab. Die Bäuerin holte die Schüssel für das Blut, der Bauer das Wasser für den Trog. Alles ging wie am Schnürchen.

Nur in Fietschers Ohren brummte der Schlag und fing dort ein Getöse an, so daß er die Zurufe des Metzgers nicht verstand!

Weiß der Himmel wie lange er nutzlos herumgestanden oder auch diesen oder jenen Handgriff gemacht hatte.

Plötzlich drückte ihm der Metzger den Kopf des Schweines in die Hand. Trag ihn in die Küche!

Fietscher hielt den Schweinekopf an den Ohren. Die offenen Augen waren auf ihn gerichtet. Immer noch läppisch vertrauensselig sah das tote Vieh ihn an.

Da rannte er los. Nicht in die Küche, sondern am Haus vorbei, herunter zum Neckar bis zur Brücke, unter der ein Kahn mit Koks durchfuhr. Fietscher ließ den Schweinekopf fallen, mitten auf den Koks, wo er still und rosa liegen blieb und nun mit offenen Augen in aller Ruhe bis Stuttgart fahren würde.

Und endlich hörte das Brummen vom Schlag in Fietschers Ohren auf. Er ging zurück zum Metzger, steckte ohne Mucken und Tränen gewaltige Prügel ein, ohne eine Erklärung für sein Handeln abzugeben. Eine Zufriedenheit hatte ihn mit dem Davonfahren des Schweinekopfes auf dem Schiff erfüllt, die ihm niemand nehmen konnte.

Das Gespräch

Der Hobel ist eine Kneipe. Im Hobel sitzen eine Menge Typen, die in anderen Kneipen nicht sitzen. Warum sie gerade im Hobel sitzen, das wissen sie nicht.

Vor der Kneipe steht Herr Fuchs.

Als einer der Typen vom Klo kommt, sieht er Herrn Fuchs vor dem Hobel stehen.

He, Hamburger, sagt der Typ, der Fuchs steht vorm Hobel. Der Hamburger – der Hamburger heißt, weil er mal in Hamburg war – verzieht das Gesicht und lacht.

Vor dem Hobel scheint Herrn Fuchs die Sonne ins Kreuz. Er schwitzt und knöpft sich die Jacke auf. Er kann sich nicht entschließen, in den Hobel zu gehen, obwohl er weiß, daß seine Unschlüssigkeit keinen guten Eindruck macht.

Die Typen im Hobel kennen alle Herrn Fuchs und reden jetzt über ihn.

Wenn's der Hamburger will, sagt einer, mach ich den Fuchs so kaputt, daß der nie wieder in den Hobel kommt.

Aber der Hamburger will das nicht, und die anderen haben im Augenblick mit Herrn Fuchs nichts zu schaffen.

Der geht von allein kaputt, sagt der Hamburger und sieht auf die Tür, durch die jetzt Herr Fuchs den Hobel betritt.

Guten Tag!

Guten Tag!

Alle Typen sehen Herrn Fuchs an, aber nicht lange. Nur der Hamburger zeigt Ausdauer.

Alles klar, Herr Fuchs? fragte er.

Herr Fuchs nickt und will sich an den Tisch setzen.

Besetzt, sagt ein Typ. Herr Fuchs bleibt stehen.

Da kann man nichts machen.

Nein!

Herr Fuchs sieht die Typen der Reihe nach an. Der Hamburger hat die Füße weit ausgestreckt. Auf seiner linken Hand ist eine Spinne mit Netz tätowiert.

Ich würde Sie gerne sprechen, sagt Herr Fuchs.

Na denn los, sagt der Hamburger.

Herr Fuchs schüttelt freundlich den Kopf. Nicht hier, sagt er, ich möchte allein mit Ihnen reden.

Über mich? fragt der Hamburger.

Nein, sagt Herr Fuchs, über mich.

Die Typen sehen Herrn Fuchs zum zweiten Mal an und einer, der Herrn Fuchs unter dem Namen Zopper bekannt ist, klatscht sich auf die Oberschenkel.

Der Fuchs will mit dem Hamburger nicht etwa über den Hamburger reden, sondern über sich selbst – das ist stark!

Maiermann grinst beifällig und rülpst. Vielleicht, sagt er, interessiert sich Herr Fuchs für die Fliege auf dem Hamburger sein Schwanz!

Reden Sie keinen Unsinn, Herr Maiermann, mit so etwas bringen Sie mich nicht in Verlegenheit.

Der Hamburger trinkt sein Bier aus und fragt den Hobelwirt, ob er mit Herrn Fuchs für ein kurzes Gespräch nach hinten gehen dürfe. Der Wirt hat nichts dagegen.

Der Hamburger nickt Herrn Fuchs zu. Von mir aus, sagt er mürrisch, können Sie Ihren Gesang bringen, aber kurz, wenn ich bitten darf, ich hab noch was vor!

Herrn Fuchs fällt der Anfang schwer. Er steht in der Mitte des Raums, während der Hamburger an Gegenständen auf den Regalen herumfummelt. Flaschen, Zeitungen, Bierdeckel und künstliche Blumen.

Auf die Dauer kann ich so nicht mit Ihnen arbeiten, sagt Herr Fuchs. Der Hamburger zeigt kein Interesse. Er liest Plattentitel, drückt ein paar Tasten an einem Tonbandgerät und will allem Anschein nach Musik machen.

Herr Fuchs nimmt einen neuen Anlauf.

Wie stellen Sie sich denn die Sache zwischen uns vor?

Der Hamburger zeigt sich erstaunt. Ich denke, sagt er, und beginnt gewissenhaft eine Batavia zu drehen, Sie wollen über sich sprechen!

Das ist sozusagen dasselbe, antwortet Herr Fuchs. Inzwischen ist mehr Sicherheit in seiner Stimme zu hören. Er steht auch nicht mehr mitten im Raum, sondern nimmt zwischen den hochgestellten Stühlen Platz. Sie sind mir doch scheißegal, grinst der Hamburger, ich habe Sie mir nicht ausgesucht, oder?

Ich Sie mir auch nicht, kontert Herr Fuchs.

Die Antwort ärgert den Hamburger. Immerhin, sagt er, ohne so Typen, wie ich einer bin, können Sie Ihren Job nicht machen.

Und ohne so Typen wie mich – Herr Fuchs drückt sich in die Stuhlbeine zurück, kramt in seiner Hosentasche und wiederholt – ohne so Typen wie mich wandern Sie in den Knast zurück, das ist so sicher wie das Amen in der Kirche.

Der Hamburger vergißt seine Zigarette. Er starrt Herrn Fuchs ins Gesicht und kommt auf ihn zu. Obwohl der Hamburger sehr gewalttätig aussieht, zeigt Herr Fuchs keine Angst.

Willst du mich vielleicht erpressen? zischt der Hamburger.

Herr Fuchs schüttelt den Kopf. Er will den Hamburger wirklich nicht erpressen.

Aber der glaubt ihm nicht, packt ihn kurz an der Jacke, läßt allerdings gleich wieder los und brüllt:
Von mir aus mach ich Endstrafe, die zwei Jahre reiß ich auch noch runter!

Draußen in der Hobelwirtschaft sehen sich Zopper, Maiermann und Littel an. Alle drei haben gehört, was der Hamburger in der Hinterstube gebrüllt hat.

Klingt nicht gut, was der Hamburger da sagt, meint Littel.

Zopper winkt ab, nickt rüber zu dem Typ, der dem Hamburger angeboten hatte, Herrn Fuchs kaputt zu machen, und sagt, daß noch nicht aller Tage abend sei.

Littel beruhigen Zoppers Worte nicht. Im Gegenteil, er hält Zopper für eine Maulhure und glaubt nach wie vor, daß das Gespräch da draußen kein gutes Ende nehmen wird.

Inzwischen ist der Hamburger still geworden. Keiner in der Wirtschaft kann mehr hören, was er und Herr Fuchs jetzt sagen.

Obwohl er den Zeitungsartikel, den Herr Fuchs ihm zuschiebt, wörtlich kennt, liest ihn der Hamburger gründlich durch.

Na und? sagte er schließlich.

Der Mann ist tot, antwortet Herr Fuchs.

Das steht nicht hier!

Gestern ist er im Krankenhaus an seinen Verletzungen gestorben.

Herr Fuchs macht eine Pause. Er weiß ziemlich genau, was der Hamburger jetzt wissen will. Aber dem Hamburger fehlt der Mut für die Frage. Ihm wird heiß und er spürt, wie Herr Fuchs das Hervortreten der Schweißperlen beobachtet. An den Schläfen, der Stirn und unter der Nase.

Ich war's nicht, wenn Sie das meinen, sagt der Hamburger endlich.

Doch, sagt Herr Fuchs und ist ganz cool dabei, Sie waren das, und ein paar von Ihren Freunden da draußen haben mitgemacht.

Hat er ...? Der Hamburger schafft die Frage wiederum nicht, bleibt mitten drin stecken und läßt den Mund offen.

Nein, sagt Herr Fuchs immer noch ganz cool und starrt auf den runden Mund vom Hamburger.

Er hat nichts mehr sagen können, er ist nämlich gar nicht mehr zu Bewußtsein gekommen.

Der Hamburger klappt seinen Mund zu und sieht wieder manierlich aus.

Was wollen Sie dann noch von mir?

Eigentlich nicht viel, sagt Herr Fuchs und beginnt den Hamburger zu duzen, ich will nur wissen, warum du das gemacht hast, verstehst du?

Nein, sagt der Hamburger und versteht es wirklich nicht.

Ich meine – Herr Fuchs läuft auf und ab –, daß es doch jetzt um dich geht. Der Mann, der ist ja tot, dem kann keiner mehr helfen, den kann nichts wieder lebendig machen.

Wenn Sie meinen, daß ich es war, sagt der Hamburger förmlich, haben Sie sich geirrt. Außerdem habe ich keine Zeit und Sie keine Beweise.

Ich gebe zu, ich habe keine.

Herr Fuchs sieht hilflos aus. Fast ist der Hamburger geneigt, abermals zu lachen.

Ist noch was? fragt er.

Herr Fuchs nickt. Sicher ist da noch etwas: Ich wollte Ihnen nämlich sagen, daß ich meinen Job aufgebe.

Was? – Der Hamburger bläst langsam Luft durch seine Backen, und an was für ein Arschloch komm' ich dann?

Herr Fuchs hebt stumm die Schultern. Er weiß es nicht.

Kommt gar nicht in Frage, sagt der Hamburger, Sie können doch Ihren Job nicht einfach aufgeben!

Warum nicht, sagt Herr Fuchs, zumal Sie ja selbst der Ansicht sind, daß es zwischen Ihnen und mir nichts Gemeinsames gibt, ich aber meinen Job nicht ohne Typen wie Sie ausüben kann.

Und was soll ich machen, wenn ich an so einen Scheißkerl komme, der mir keine Luft läßt und mir alles vorschreibt?

Das weiß ich nicht, sagt Herr Fuchs, das ist dann auch nicht mehr mein Bier.

Der Hamburger dreht sich eine neue Zigarette. Die tätowierte Spinne auf seiner Hand zittert.

Bin ich denn überhaupt für Sie wer? War ich denn für den wer, der jetzt angeblich krepiert sein soll?

Was Sie für die anderen waren oder nicht, kann ich nicht beurteilen, sagt Herr Fuchs, aber ich weiß, was Sie für mich sind.

Was?

Na eben der Hamburger!

Das ist nicht viel für Sie, oder?

Eigentlich gar nichts.

Eine Stunde später saßen Herr Fuchs und der Hamburger immer noch in der Hinterstube des Hobelwirts. Als Littel es nicht mehr aushalten konnte und nachschauen ging, schmiß ihn der Hamburger raus.

Wer ist denn der Kerl überhaupt, wollte der Hobelwirt wissen, und Zopper antwortete ihm, daß der Kerl irgend so ein Scheißbewährungshelfer vom Hamburger sei.

Vater und Sohn

Die Suppe schmeckt nach Sellerie. Alle Kinder essen die Suppe. Der Vater mag Sellerie.

In der Küche riecht es nach kaltem Pfeifenrauch und dem, was gerade so auf dem Herd steht.

Nebenan liegt die kranke Mutter im Bett. Hin und wieder ruft sie etwas in die Küche hinüber. Niemand antwortet ihr, auch der Vater nicht.

Jürgen hat sie noch nicht begrüßt, trotzdem weiß er, wie sie im Bett liegt.

Sie liegt immer im Bett, den Kopf durch drei Kissen nach vorn abgeknickt. Der dünne unansehnliche Zopf, an dem sie stets herumspielt und der wie ein räudiger Katzenschwanz aussieht, hängt ständig über die Bettkante hinaus.

Auf dem Nachttisch steht Kamillentee.

Ist der Junge da? hört Jürgen sie fragen.

Die Geschwister löffeln, schlucken, löffeln und sehen Jürgen dabei an.

Was gibts zu gucken, sagt der Vater. Seine Stimme dröhnt. Jürgen hat sie nicht vergessen.

Die Geschwister glotzen sofort in die Teller zurück und schlucken schneller. Alle schmatzen.

Ehrlich, in den zwei Jahren, die Jürgen im Heim verbrachte, hat sich hier nichts verändert.

Vielleicht, daß seine jüngste Schwester jetzt Hosen über ihrem Babyhintern trägt und deshalb nicht mehr dahin scheißt, wo es gerade aus ihr herausfällt.

Na Doris, sagt Jürgen und räuspert sich, weil es der erste Satz ist, den er zu Hause spricht, kennst du mich noch?

Doris blubbert Unverständliches. Der Rotz ihrer immer verschnupften Nase vermischt sich mit der Suppe.

Der Vater sitzt am Ende des Tisches. Allein in seiner Suppe

schwimmt das Kochfleisch. Wer seine Familie ernähren will, muß etwas zwischen die Zähne bekommen.

Jürgen sieht auf die Hände des Vaters. Sie sind groß und schwammig wie frischgebackene Eierkuchen. Aber sie sehen nur so aus. In Wirklichkeit sind sie hart. Wenn sie zuschlagen, ist es, als wäre man zwischen Straßenbahnräder oder Elefantenfüße geraten, in einen Fleischwolf oder unter einen Preßlufthammer.

Vaters Hände haben Jürgen damals fix und fertig gemacht. Erst kam er in ein Krankenhaus, danach in ein Heim. Nur, was der Vater alles an ihm kaputt geschlagen hatte wurde Jürgen nicht gesagt. Schließlich war er ja damals erst zwölf und heute ist er vierzehn Jahre alt.

Er weiß es immer noch nicht, aber so schlimm kann es wohl nicht gewesen sein, da er normal laufen, essen, sehen und hören kann.

Der Vater kam vor Gericht und wurde wegen Kindesmißhandlung zu zwei Jahren Gefängnis auf Bewährung verknackt, und Jürgen wurde auf Veranlassung der Familienfürsorge in ein Heim gebracht.

Heute ist er zurückgekommen, niemand hat ihm gesagt, warum. Man hat ihn einfach zu Hause abgegeben, und nun steht er in der Tür.

Der Vater und die Geschwister sagen kein Wort. Sie löffeln und schlucken und schielen nach ihm.

Der Vater kaut das Kochfleisch.

Ist der Junge da? Die Stimme der Mutter ist noch kraftloser geworden. Keiner antwortet.

Auch Jürgen schweigt, sieht nur auf den Vater.

Der nickt mit dem Kopf zum Nebenzimmer. Jürgen umkreist also den Tisch, sieht die einen Geschwister von vorn, die anderen von hinten an. Und weil ihm nichts anderes einfällt, sagt er eben das, was er im Heim gelernt hat: Guten Appetit!

Das Löffeln hört auf. Jürgen fühlt die Blicke im Rücken.

Mensch, sagt einer der Brüder, was die dem alles beigebracht haben!

Die Mutter liegt mit nach vorn abgeknicktem Kopf im Bett, den räudigen Katzenschwanz, der in Wirklichkeit ihr Zopf ist, zwischen den Fingern. Um sie herum der Geruch von Kamillentee.

Ich bin wieder da, sagt Jürgen und hält eine Weile ihre Hand fest.

Nun bist du vierzehn, sagt sie.

Ihre Finger sind feucht. Jürgen wischt sich seine Handfläche an der Hose ab.

Alles an der Mutter ist klebrig. Die Haare, der Mund, die Bettdecke, die Hände und das, was sie sagt.

Wenn du bei uns bleiben willst, mußt du Papa gehorchen!

Ich wollte ja gar nicht zu euch zurück!

Die Mutter hält ihre feuchten Hände vor den Mund und sagt, daß Jürgen sie mit solchen Worten ins Grab brächte.

Schande ist schlimmer als Schmerz!

Wenn Papa mich schlägt, sagt Jürgen mit Engelslächeln, wenn er mich nur ein einziges Mal schlägt, dann weißt du ja, was passiert!

Papa, ruft da die Mama, der Junge ist wieder da!

Der Vater holt den Jungen in die Küche zurück und stellt ihm den Rest Suppe hin. Eine kalte, fettlose Brühe, in der weder Kartoffeln noch Gemüse schwimmen, geschweige denn etwas von dem Kochfleisch.

Ich habe Hunger, Papa!

Dann iß!

Ich will das essen, was du gegessen hast!

Der Vater sieht den Sohn an.

Sein Hals wird rot vor Zorn, seine Eierkuchenhände falten sich auseinander, und Jürgen kann die Muskeln unter dem Flanellhemd sehen. Sie bewegen sich hin und her.

Von Kopf bis Fuß gerät der Vater in eine Bewegung, von der Jürgen weiß, daß sie für ihn saftige Prügel zur Folge haben kann.

Gib mir von deinem Fleisch, Papa, ich möchte so werden wie du!

Du bist nicht mein Sohn, also kannst du nicht werden wie ich!

Ich werde mir Mühe geben!

Der Vater ist unschlüssig. Die Muskeln unter dem Flanellhemd werden ruhiger.

Also haben sie dir im Heim wenigstens etwas beigebracht, sagt er.

Nein, nicht die im Heim, du warst es, Vater!

Der Vater setzt sich wieder, ohne Jürgen das verlangte Fleisch zu geben.

Gut, sagt er, dann wollen wir miteinander reden. Hol das, was nötig ist, um aus dir einen nützlichen Menschen zu machen!

Während Jürgen ins Nebenzimmer zum Schrank geht, werden seine Fußsohlen stumpf vor Angst.

Mutter, sagt er, ich muß es holen!

Ich bin krank, Jürgen, ich bin krank! Du hättest nichts sagen dürfen, das wäre das beste gewesen!

Jürgen beugt sich über die Mutter, die vielleicht froh ist, daß sie immer krank ist.

Warum habt ihr mich zurückgeholt?

Seine harten Jungenshände heben sie mit Leichtigkeit aus den verschwitzten Kissen.

Die Mutter wackelt hilflos mit dem Kopf.

Die Schande, Jürgen, die Schande, die du uns gemacht hast.

Alle Leute haben über deinen Vater geredet. Es hat sogar in der Zeitung gestanden.

Die Augen der Mutter werden feucht. Jürgen läßt sie ohne Rücksicht in die Kissen zurückfallen. Es macht ihm nichts aus, daß sie jetzt schief liegt und ihr der Rücken deshalb mehr als vorher schmerzen wird.

Hilf mir, Jürgen, so kann ich nicht liegen, wirklich nicht, es tut weh!

Jürgen holt all das aus dem Schrank, was aus ihm einen nützlichen Menschen machen soll. Ein Rohrstock für die Hände. Ein Gürtel für den Arsch. Ein Holzscheit für die Knie.

Die Mutter, die immer noch schief im Bett liegt und deren Augen feuchter und feuchter werden, sieht ihm schmerzvoll zu.

Jürgen hat den Rohrstock in der Hand.

Wenn er jetzt zuschlüge, wenn das Stöckchen mit sausendem Ton direkt neben ihrem Gesicht die stickigen Kissen träfe und der räudige Katzenschwanz, der in Wirklichkeit ihr Zopf ist, sich wie von selbst um das Rohr wickelte und die Mutter festnagelte, dann würde sie sich mit Hilfe eben dieses Rohrstockes, ohne daß Jürgen sie groß anfassen müßte, ganz von selbst richtig betten. Ein Schlag genügte und sie läge da, wo sie hingehörte, um keine Schmerzen zu haben. Auch gegen das ewige Jammern wäre die Methode nicht schlecht.

Warum war er noch nie auf diese Idee gekommen?

Jürgen, flüstert die Mutter mit aufgerissenem Blick, beeil dich, Papa wartet. Du weißt, er mag nicht, wenn du langsam bist.

Ja, Mutter, sagt Jürgen und kann sich nicht erklären, wie er wohl auf den verrückten Gedanken gekommen ist, nach seiner Mutter schlagen zu wollen.

Ich leg mich schon selbst richtig hin, mach nur den Vater nicht wütend, sonst schlägt er dich wieder kaputt.

Jürgen läßt die Mutter allein.

In der Küche stehen die Geschwister an den Wänden aufgereiht. Vier links und vier rechts, das eine Gesicht dümmer als das andere und alle acht vierschrötig wie der Vater, mit breiten Schultern und Muskeln, die die Größeren schon heute unter ihren Pullis spielen lassen können.

Jürgen legt den Rohrstock, den Gürtel und das Holzscheit auf den sauber abgewischten Küchentisch.

Sagt ihm, wendet sich der Vater an seine vierschrötige Brut, wer es von euch in den letzten zwei Jahren nötig gehabt hat, hiermit seine Strafe zu bekommen.

Niemand, schreien die Vierschröter im Chor.

Wer war der letzte?

Jürgen, rufen sie fröhlich und machen sich auf etwas gefaßt, was sie nichts angeht.

Siehst du, sagt der Vater langsam, sie haben es nicht nötig. Sie sind mein Fleisch und Blut, meine Kinder, meine Sippe. Sie werden einmal redliche Menschen, die ihrer Arbeit nachgehen und die in ihrem Vater ein Vorbild sehen, so wie ich in meinem Vater ein Vorbild gesehen habe.

Die Geschwister sehen Jürgen an, während der Vater die Marterinstrumente auf dem Tisch ordnet. Rohrstock, Gürtel und Holzscheit. Als ich deine Mutter heiratete, habe ich dich als Stiefsohn aufgenommen, dir meinen Namen gegeben und dich wie mein Kind behandelt. Aber von klein auf war dir das Parieren nicht anders als mit Strafe beizubringen.

Du hast mich schlechter behandelt als die anderen!

Gerechter habe ich dich behandelt, gerechter! Wer anders als ich sollte dir denn Zucht und Ordnung beibringen? Gehorsam hat nie in dir gesteckt, das mußtest du erst lernen!

Die Geschwister langweilen sich, und der Zweitälteste fragt, wann Jürgen denn nun endlich seine Prügel bezieht. Jürgen hatte Vaters Kochfleisch verlangt und war demnach genauso frech aus dem Heim zurückgekehrt, wie er hingebracht worden war.

Ich bekomme keine Prügel, sagt Jürgen und zieht wieder sein Engelslächeln auf, der Papa wird mich nie mehr schlagen. Nicht mit dem Rohrstock, nicht mit dem Gürtel, und auf dem Holzscheit werde ich auch nicht mehr knien.

Die Vierschröter sehen ihren Vater an.

Warum? fragen sie enttäuscht.

Kriegt denn der Jürgen jetzt nicht seine zwanzig über den Arsch?

Raus, brüllt da der Vater, alle raus. Er packt den Rohrstock und den Gürtel zugleich in die Hand und jagt seine Brut davon wie ein Zirkusdirektor seine Pferde aus der Manege.

Jürgen bleibt in der Küche zurück.

Die Geschwister bewundern ihn hinter der Tür und erfahren jetzt endlich, was los ist.

Ein Schlag von dir, sagt Jürgen so laut, daß es alle hören können. Ein blauer Fleck oder nur eine Beule, die du mir verpaßt, bringt dich ins Gefängnis. Ich brauche es nur beim Jugendamt anzugeben und zur Not kann ich auch gleich zur Polizei gehen.

Stille in der ganzen Wohnung. Die Eierkuchenhände umklammern den Tisch, auf dem jetzt sinnlos Rohrstock, Gürtel und Holzscheit herumliegen.

Die Kinder halten hinter der Tür die Luft an, vielleicht auch das Lachen. Von der Mutter kein Seufzer, kein flehendes Papa, laß ihn gehn!

Nichts – eine Ewigkeit nichts.

Der Vater schämt sich, man sieht es ihm an.

Er hat seine Familie enttäuscht, er kann seinem Publikum nicht mehr ins Auge schauen. Er ist nicht mehr der Alte. Jürgen, der Stiefsohn hat ihm den Rang abgelaufen.

Ich habe dein Bestes gewollt, sagt der Vater in die Stille hinein.

Du hast mich halbtot geschlagen!

Ich habe dich nicht anders erzogen, als ich erzogen wurde. Ich wollte aus dir einen nützlichen Menschen machen, so wie mein Vater aus mir einen nützlichen Menschen gemacht hat.

Mit Prügel?

Der Vater holt Luft. Sein Atem streift von der anderen Seite des Tisches her über Jürgens Gesicht hin.

Prügel war bei unsereins nicht notwendig, ebenso wie es bei meinem Fleisch und Blut nicht nötig sein wird.

Und was er nun sagt, ist weit mehr für die lauschende Brut hinter der Tür und die Frau im Bett gemeint, als für den Bankert Jürgen, dem er es zu verdanken hat, daß er vor Gericht mußte.

Mein Vater, so sagt der Vater, sagte immer: Erstens, wer nicht gehorcht, bekommt Prügel! Zweitens, wer nicht arbeitet, kriegt nichts zu fressen! Drittens, wer stiehlt, dem hack' ich die Finger ab!

Der Vater schlägt mit der flachen Hand auf den Tisch, daß das Holzscheit hüpft.

Und warum, fragt Jürgen, warum hast du mich wieder zurückgeholt? Warum bist du zum Jugendamt gegangen und hast gesagt, daß du es dir mit meiner Erziehung anders überlegt hättest, warum?

Ach Gott, tönt es da aus dem Bett von nebenan, der Papa hats doch gut gemeint!

Die Tür, hinter der die acht Vierschröter lauschten, fliegt auf, und die größeren von ihnen sagen laut und deutlich:

Weil Papa die Schande wieder gut machen will, die du über uns gebracht hast!

Nur Eddi, dem stets der richtige Durchblick fehlt, will wissen, wann Jürgen endlich seine Dresche bekommt. Er wird vom Vater zum Schweigen ermahnt.

Die Mutter jammert Unverständliches und langsam kommt wieder Leben in die Familie.

Die Vierschröter haben dem Vater die Ehre gerettet.

Jürgen weiß jetzt, was gespielt wird, und fackelt nicht lange.

Vater, sagt er mit fester Stimme, gib mir von deinem Fleisch, denn ich möchte so werden, wie du geworden bist!

Fleisch? Er will Vaters Fleisch! johlen die Vierschröter und werfen sich ohne Kommando auf Jürgen. Sie walken ihn alle acht richtig durch und Doris juchzt mit rotzverschmiertem Näschen eine Kindermelodie dazu.

Jürgen liegt am Boden. Eddi tritt ihm aufs Ohr, Max in die Eier. Die Schwestern muntern die Brüder auf und sie finden noch eine Menge Stellen, in die sie Jürgen treten und boxen können.

Es ist ein Heidenspaß und Jürgen – das wissen alle – wird nie mehr nach Vaters Kochfleisch verlangen.

Papa, laß ihn gehn, ruft endlich die Mama aus der Hinterstube, und als sie erfährt, daß es gar nicht der Papa ist, der den Jürgen da so zurichtet, kommt Erleichterung in ihr Gejammer.

Laßt gut sein Kinder, laßt ihn gehn! Ihr bringt mich noch ins Grab!

Von dem Tag an bleibt für Jürgen das Essen knapp.

Strafe muß sein, sagen die Brüder und schnappen ihm die Wurst vom Teller.

Wer den Vater nicht ehrt, ist den Pudding nicht wert, sagen die Schwestern und mopsen ihm sonntags die Speise.

Und der Vater sagt zu all dem, daß Jürgen noch viel lernen muß, wenn er so werden will wie er.

Nachdem Jürgen mit gutem Zeugnis die Volksschule beendet hat und bittet, weiter auf die Schule gehen zu dürfen, hat der Vater nur eine Antwort: Wer nichts arbeitet, kriegt nichts zu fressen, und er schickt Jürgen dorthin, wo auch er hingeht, in die Fabrik.

Aber Jürgen macht sich nicht gut, gibt Anlaß zu Ärger und Beschwerden. Fragt zu viel, arbeitet zu wenig und fällt allseits durch unmäßiges Essen in der Pause auf. Er schluckt jeden Essensrest, den er findet, und kein Butterbrot ist vor ihm sicher.

Als er das erste Mal in einer Bäckerei Kuchen klaut, kann er es nicht verhindern, daß ihm die Finger schmerzen, als würden sie ihm geradewegs abgehackt.

Dieses Gefühl vergeht später schnell und er entwickelt mit der Zeit eine große Geschicklichkeit in den Lebensmittelabteilungen der Kaufhäuser.

Jeden Sonntag opfert er einen Groschen, geht zum Hauptbahnhof und stellt sich auf die Waage.

Langsam aber sicher nimmt er zu.

Seine Schultern werden breiter, und mit äußerster Konzentration schafft er es – wenn auch noch unauffällig – seine Armmuskeln unter dem Pulli zu bewegen.

Aber eines Tages ist das Unglück da, Jürgen wird mit einer Hand voll Traubenzucker erwischt. Keine Affäre, sagt der Abteilungsleiter freundlich, Schinken wäre schlimmer gewesen. Allerdings müssen der Ordnung halber die Personalien festgestellt und die Eltern benachrichtigt werden.

Jürgen denkt an seine Finger, obwohl er natürlich weiß, daß der Vater sie nicht abhacken darf.

Für ihn ist klar, daß er nicht mehr nach Hause gehen kann, auch nicht zum Jugendamt. Er ist jetzt ein Dieb, wobei ihm die Tatsache, daß er erwischt worden ist, weit mehr zu schaffen macht, als daß er gestohlen hat.

Er muß eine neue Bleibe finden, vor allem aber muß er zusehen, wie er zu regelmäßigem Essen kommt.

Und weil letzteres alles andere in seinem Kopf beherrscht, klaut er sich vor Ladenschluß in einem anderen Kaufhaus, wenn den Verkäuferinnen vor Müdigkeit die Aufmerksamkeit vergeht, noch etwas Vorrat zusammen und macht sich auf den Weg.

Schlafen kann man überall.

Der folgende Tag ist ein schöner Tag. Mit Sonne und blauem Himmel. Die Wiesen sind grasgrün, alle möglichen Blumen und Sträucher riechen so stark, daß es Leuten mit gesundem Menschenverstand keinen Spaß machen kann, in der Kneipe zu sitzen.

Also ist der Hobel leer.

Littel ist bei der Haftüberprüfung bis zur Verhandlung freigelassen worden. Keine Fluchtgefahr, hieß es.

Und so trottet er hinter Kruzer und dem Hamburger her, die Fietscher abholen wollen, um was loszumachen.

Fietscher hat keine Lust, kommt aber doch mit, weil Kruzer sagt, er habe zufällig Munition an der Hand und da könne man sich im Käfertaler Wildgehege ein Gaudi erlauben.

Gleich der erste Schuß jagt Jürgen aus seiner Strauchhöhle. Beinahe hätte er geschrien. Die ganze Nacht hatte er gefroren und deshalb kaum geschlafen.

Jetzt, in der Mittagssonne, war er fest eingeduselt.

Er träumte, daß er auf der Hauptpost die Telefonbücher zerriß. Mitten durch und dann noch einmal längs, daß ihn selbst die Postbeamten bewunderten.

Der Schuß zertrümmerte den Traum.

Jürgen taumelt auf seine Füße und denkt natürlich, die Polizei ist ihm auf der Spur. Er rennt los, läßt Wurst, Brot und Käse liegen, rennt in alle Richtungen, die Knallerei mal vor sich, mal hinter sich, hin und wieder auch seitlich.

So läuft er Kruzer fast in die Schußlinie, obwohl Kruzer, wie das die anderen bezeugen, auf einen dieser schlafmützigen, ewig auf der Stelle stehenden Büffel gezielt hatte.

Hast du dein okay im Arsch oder was ist los? schreit Kruzer in den abgefeuerten Schuß.

Der Büffel kreist unverletzt wie verrückt zwischen den Bäumen herum. Keiner lacht über ihn, alle haben sich erschrocken.

Mann, sagt Littel und starrt Jürgen an, wenn wir den jetzt umgelegt hätten!

Wo kommst du her? will Kruzer gleich wissen.

Jürgen macht eine vage Bewegung in den Wald hinein.

So wie der aussieht, sagt der Hamburger, hat er irgendwo die Flatter gemacht.

Aus'm Heim? fragt Littel.

Jürgen schüttelt den Kopf und mag nichts sagen. Er möchte wissen, wieso sie ihm ansehen, daß er abgehauen ist.

Noch ein Schuß, sagt Kruzer zu den anderen, dann ist Sense!

Und wenn der Forstaufseher kommt?

Sind wir längst weg.

Keiner kümmert sich mehr um Jürgen, der neben Kruzer steht.

Paß auf, Waldmännchen, sagt der, das macht man so!

Und Jürgen sieht, wie Kruzer mit geschickten Fingern und einer Kneifzange die Spitze eines MG-Geschosses herunterreißt, etwas Schwarzpulver herausschüttet, das Geschoß mit dem Zündplättchen nach unten in die Erde steckt, in die Runde blickt und nach einem möglichen Ziel fragt.

Nochmal auf den Büffel, ruft Littel und tanzt von einem Fuß auf den anderen, er soll ein Loch in seinen Wanst kriegen.

Den treff ich nicht mehr.

Der Hamburger schlägt einen Starenkasten vor, weil er Vögel nicht mag.

Oder das Schild dort von der Forstverwaltung, sagt Fietscher, Bürger, schützt Eure Wälder!

Kruzer entscheidet sich für das Schild.

Er mißt die Entfernung, kneift ein Auge zu, stellt das Geschoß schräg, mißt wieder und macht die Sache sehr wichtig. Er stülpt die Spitze vorsichtig wieder in das Geschoß hinein, schüttet das herausgenommene Schwarzpulver darüber, prüft nochmals sein Werk und hält ein brennendes Streichholz dran.

Es zischt ein bißchen, und dann gibt es einen gehörigen Knall, der alle sehr erfreut. Besonders lustig ist aber, daß Kruzer nicht das Schild der Forstverwaltung getroffen hat, sondern doch den Starenkasten. Er liegt zerschmettert im Laub und die einzelnen Holzstückchen sind von den kaputten kleinen Vögelkörpern ganz blutig.

Jetzt aber ab, sagt der Hamburger lässig.

Jürgen läuft mit. Niemanden von den Jungen kennt er, nicht einmal vom Sehen, er hat nur gehört, daß der Kruzer Kruzer heißt. Er weiß auch nicht, was sie vorhaben, und fragt auch nicht danach. Auf dem Weg in die Stadt sticht der Hamburger zwei Automaten und spendiert Bier.

Ich hab gestern ein paar Würstchen in den Schatten gefahren, wir können zu mir gehen, schlägt Fietscher vor, die Metzgersleute sind nicht da.

Ja, sagt Jürgen, ich muß etwas essen.

Sie machen es sich im Hof der Metzgerei gemütlich und braten Würstchen. Jürgen ißt die meisten.

Er kaut kaum. Er schlingt das Zeug mit Pelle in sich hinein, horcht, wie es in seinem Magen gurgelt, und greift nach der nächsten Wurst.

Warum frißt du denn so, will der Hamburger wissen, und Jürgen antwortet, was er immer antwortet: Ich will so werden wie mein Vater geworden ist!

Das kommt nicht gut an, und es wäre besser gewesen, Jürgen hätte sich eine andere Antwort ausgedacht.

So, sagt Kruzer, du willst wie dein Vater werden?

Littel merkt, daß etwas in Gang gerät, was dem Neuen nichts Gutes bringt. So versucht er die Sache abzubiegen und meint, daß kein Mensch wie sein Vater werden wolle und Jürgen solle gefälligst nicht so blöde Witze bringen.

Doch, sagt Jürgen, ihr versteht das bloß nicht, ich will *so* werden, wie mein Vater ist!

Dabei läßt er seine Armmuskeln unterm Pulli spielen, was allerdings niemanden so recht beeindruckt.

Ah, sagt Kruzer verständnisvoll, wenns um Kraft geht, da haben wir etwas für dich. Fietscher sieh mal nach, was dein Meister übrig gelassen hat.

Fietscher will nicht. Laß den Quatsch, sagt er.

Aber er will doch wie sein Papa werden, das soll man unterstützen, und allem Anschein nach hat das etwas mit Kraft zu tun. Stimmts?

Jürgen nickt.

Und hat dein Vater auch viele Kinder?

Acht, sagt Jürgen.

Alle lachen, auch Fietscher.

Von mir aus, sagt er und holt aus dem Kühlhaus für Jürgen ein großes gebrühtes Stück Fleisch.

Iß bis du platzt, sagt er verächtlich, dann wirst du bestimmt wie dein Vater!

Jürgen ißt nicht, er frißt. Der Saft läuft ihm herunter, und seine Zähne schnappen immer wieder aufs neue zu. Er schluckt und schluckt.

Der Hamburger gröhlt vor Lachen, Littel hat schon einen Schluckauf, und Kruzer schlägt sich vor Freude zugleich auf den Bauch und die Schenkel.

Nur Fietscher ist nicht wohl.

Hör mal, sagt er schließlich, weißt du denn eigentlich, was du da frißt?

Jürgen schüttelt den Kopf und wischt sich über die Lippen.

Mensch Mann, das waren Rinderhoden, die nimmt sich unser Metzger immer extra aus dem Schlachthaus mit und ißt sie auf, weil er glaubt, daß er dann besser vögeln kann.

Stille.

Jürgen öffnet langsam den Mund. Es sieht wie in Zeitlupe aus. Sein Magen wölbt sich aufwärts, sein Hals schwillt an, seine Augen treten hervor, und unheimlich mühsam speit er einen dicken widerlichen Brei aus sich heraus, der gar nicht aufhören will.

Mann oh Mann, sagt Kruzer, der kotzt wie er frißt, steht auf und geht weg. Auch Littel und der Hamburger haben von dem Schauspiel genug. Zudem wird es Zeit für den Hobel.

Jürgen kotzt immer noch. Selbst Fietscher wundert sich, was alles in einem so drin sein kann.

Später bringt er Jürgen einen Eimer Wasser zum Waschen und ein Hemd von sich.

Du mußt das vergessen, sagt er versöhnlich, es sollte eigentlich ein Spaß sein!

Ja, sagt Jürgen.

Sie bleiben noch eine Weile im Hof sitzen.

Es riecht nach wie vor stark nach allen möglichen Blumen und Sträuchern, und die Stare haben mit ihrem Abendlärm begonnen.

Nachher gehen wir auch in den Hobel und dann sehen wir mit dir weiter.

Ja, sagt Jürgen.

Aber eins möchte ich ja doch gern von dir wissen. Warum willst du unbedingt so wie dein Vater sein, wenn du doch von zu Hause fort bist?

Jürgen sucht lange nach Worten. Er hat es ja schließlich auch noch nie ausgesprochen, nur immer gedacht.

Ja, sagt er, an sich ist das ganz einfach, ich will so sein wie er, damit ich ihn einmal so zusammenschlagen kann, wie er mich zusammengeschlagen hat.

Der Bruch

Fietscher macht es nicht gern, hat es bisher nur in Notfällen getan und auch bei anderen verabscheut, aber die Sache ist sicher.

So leise, wie er auch zu gehen versucht, der Schritt hallt und wirft aus den Ecken sein Echo zurück. Allein die Tür – hundertmal am Tag auf und zu gemacht, geölt, die Klinke vom Greifen blankgewetzt und ewig in Bewegung – kreischt in den Angeln.

Das Geräusch versetzt Fietscher einen gehörigen Schreck, und er muß sich erst klarmachen, daß noch gar nichts passiert ist.

Sein Schritt hallt.

Wenn es nicht so kalt wäre, würde er die Schuhe ausziehen. Das letzte Mal hatte er sich auch nur wegen diesem verdammten Hall die Schuhe ausgezogen. Danach war es dann nur noch halb so schlimm gewesen.

Er packt das Stemmeisen fest. Gleich wird er es gebrauchen. Wichtig ist nur, daß er nicht durchdreht und losrennt.

Mit der Zeit gewöhnen sich seine Augen an die Dunkelheit. Ein Licht von irgendwoher läßt rechts und links Konturen erkennen. Fietscher muß sich zwingen, nicht hinzusehen. Er muß sich auch zwingen, daß ihm nicht das Kindergebet vom lieben Gott, der einen fromm machen soll, über die Lippen kommt.

Die Hälfte des Weges hat er hinter sich, und das Ziel ist in Sicht. Alles was er jetzt braucht ist Wut. Geschicklichkeit allein hilft hier nicht. Er muß in Rage kommen. Er muß an etwas denken, was er haßt.

An die Mutter zum Beispiel, die mit ihren dreißig Jahren dickbäuchig und halb zahnlos von morgens bis abends in der Küche herumhockt, an den Vater, der nicht sein Vater ist, und doch Prügel austeilt, an die Geschwister, die wie Zecken sind, ewig an etwas herumfressen und von Jahr zu Jahr mehr werden, jetzt schon an die fünf Mädchen und drei Jungen.

Tatsächlich genügt das Stemmeisen. Fietscher braucht nur Kraft und ein paar Schläge mit der Innenfläche seiner Hand.

So und so und noch einmal so!

Soll er an den Schwulen aus dem Bahnhofsklo denken, um in Stimmung zu bleiben? Wie der gekeucht hatte und so ekelhaft gegurgelt. Nein, an den Schwulen will Fietscher nicht denken. Da bleibt ihm die Hand nicht ruhig, da ist auch nichts mehr, was noch Wut verursachen kann. Nichts!

Groschen für Groschen, Markstück für Markstück. Das ist ein Fang, der sich lohnt.

Fietscher verbeugt sich nach rechts und nach links.

Hab Dank Herr Jesus Christ – wenn er die Tür jetzt nur noch halb so weit öffnet, wird sie nicht in den Angeln quietschen.

Lautlos verläßt er die Kirche.

Draußen steht Littel Schmiere, und Fietscher überlegt, ob er dem nicht lieber eines über die Rübe geben soll als die Hälfte des Geldes.

Auf eine Sache mehr oder weniger kommt es jetzt schließlich nicht mehr an.

Josef und Frau Rosgalla

Josef klingelt ohne Aufregung dreimal hintereinander. Dann steckt er sich eine Zigarette an. Durch die Laubengänge zieht der Mief. Es riecht nach Kartoffeln, Urin, Wäschelauge und abgestandenem Bier. Irgendwo muß jemand hingekotzt haben. Ein Kleinkind hängt sich zwischen die Geländerstäbe und schaukelt hin und her.

He, sagt Josef. Das Kind läuft weg.

Die Tür, an der Josef geklingelt hat, wird geöffnet. Vor ihm steht eine blonde Frau.

Sind Sie Frau Rosgalla? fragt Josef. Die Frau zupft ihre Bluse zurecht und sagt ja.

Josef denkt, daß er Glück hat. Es hätte ja auch niemand zu Hause sein können. Er steht da und bewegt sich nicht. Er reicht der Frau auch nicht die Hand. Josef macht einfach gar nichts.

Was wollen Sie denn von mir? fragt die Frau.

Ja, sagt Josef, ich wollte mal fragen, wie es Ihnen so geht!

Das Kind kommt zurück und setzt sich auf einen Schuh der Frau.

Kschschsch, macht die und hebt ihren Fuß. Das Kind läuft zum zweiten Mal weg.

Was geht Sie an, wie es mir geht? fragt die Frau.

Na, weil Sie Frau Rosgalla sind, deshalb, sagt Josef. Er versucht zu lachen. Der Frau kommt die Sache nicht komisch vor.

Hier stimmt was nicht, sagt sie.

Kann schon sein, antwortet Josef. Aus seinem Lachen wird nichts. Die Frau starrt ihn an.

Ich glaube, sagt sie jetzt, du bist mein ältester Sohn Josef!

Ja, sagt Josef erleichtert, das bin ich. Sie gehen herein. Hinter ihnen das Kind.

Josef setzt sich in der Küche auf einen Stuhl.

Frau Rosgalla bietet ihm nichts an, weil sie, wie sie sagt, auf Besuch nicht eingestellt ist.

Ich bin jetzt sechzehn, sagt Josef nach einer längeren Pause. Frau Rosgalla seufzt über die verstrichene Zeit.

Warum haben Sie mich denn in ein Heim gegeben? fragt Josef.

Tja, sagt die Frau und knöpft ihre Bluse bis oben hin zu, die vom Jugendamt haben dich geholt und ins Heim gesteckt. Ich hätte dich ja nicht hergegeben!

Die im Heim haben mir gesagt, Sie wären tot. Josef fummelt nach einer Zigarette, hat aber kein Feuer, und ich hab das auch geglaubt!

Da siehst du, wie die lügen. Gezwungen haben sie mich damals, dich herzugeben, jawohl gezwungen. In Frau Rosgallas blaue Augen tritt Feuchtigkeit.

Warum? will Josef wissen. Er rückt mit seinem Stuhl näher an den Tisch. Frau Rosgalla findet nicht so schnell Worte. Dafür Streichhölzer. Josef kann sich endlich seine Zigarette anzünden.

Warum? wiederholt er.

Ich war krank, sagt Frau Rosgalla, und konnte nicht arbeiten gehen. Da haben sie dich geholt!

Ach so, nickt Josef, das kann ich verstehen. Wenn man so krank ist, kann man ja auch sein Kind nicht besuchen!

Nein, das kann man nicht.

Aber jetzt sind Sie gesund?

Ja, ich kann nicht klagen.

Josef sieht sich in der Küche um. Hier wohnen zwei. Er zeigt auf das sabbernde Kind. Ist das zu mir verwandt?

Frau Rosgalla hebt das Kleine vom Boden und wischt ihm den Mund ab. Sozusagen dein Halbschwesterchen!

Sie läßt das Kind auf ihrem Knie hüpfen. Der Vater von Gittilein wohnt auch bei uns.

Soso, sagt Josef. In seinem Ohr sitzt das Gittilein und will sich in kein Joseflein verwandeln.

Und du, fragt Frau Rosgalla munter, wie geht es dir so?

Danke, es geht, sagt Josef. Er will mit der Tür nicht ins Haus fallen. Aber ein Anfang muß gefunden werden.

Vom Heim bin ich dreimal abgehauen, dann kam ich in ein anderes. Da hat es mir noch weniger gefallen, da bin ich wieder abgehauen!

Warum hat es dir denn nicht gefallen? fragt Frau Rosgalla.

Die Sitten dort sagten mir nicht zu. Immer parieren und arbeiten oder strafen.

Wo bist du denn hin, wenn du weggelaufen bist?

Mal hier, mal dort.

Und wo kommst du jetzt her?

Aus dem Knast, sagt Josef und sieht Frau Rosgalla ins Auge. Die sagt, du lieber Gott, und nicht mehr.

Dort, fährt Josef fort, hab ich erfahren, daß Sie gar nicht tot sind. Deshalb bin ich hier.

Mich gehts ja nichts weiter an, sagt Frau Rosgalla, aber was hast du denn angestellt?

Das geht Sie vielleicht doch was an. Ich hab nämlich Hunger gehabt und Klamotten gebraucht!

Und wer hat dir gesagt, daß ich nicht tot bin?

Der Geffi hat es mir erzählt. Vielleicht wissen Sie, daß der wegen Zuhälterei sitzt.

Frau Rosgalla äußert sich nicht. Josef stellt fest, daß sie rot wird. Das Gespräch paßt ihr nicht, das sieht er ihr an. Also muß er jetzt etwas anderes sagen.

Kann ich vielleicht hier wohnen?

Wir haben wenig Platz, und ich muß erst Gittileins Vater fragen, sagt Frau Rosgalla.

Die Nacht über schläft Josef in der Küche auf dem Sofa. Gittileins Vater hat nicht viel gesagt. Bettzeug hat Frau Rosgalla natürlich nicht auflegen können. Trotzdem ist es Josef zufrieden. Gittilein schläft bei ihrem Vater und Frau Rosgalla im Bett. Gittileins Vater stinkt unheimlich nach Knoblauch. Er sagt, er ißt Knoblauchpillen, weil man damit hundert Jahre alt werden kann. Jetzt liegt er drüben bei Frau Rosgalla und schnarcht seinen Knoblauchatem über sie hin.

Frau Rosgalla hat Lockenwickler auf dem Kopf und kann deshalb nicht auf der Seite schlafen. Wenn Gittilein ins Bett scheißt, hat Frau Rosgalla gesagt, gibts den Arsch voll.

In der Küche ist es warm, und wenn Josef will, kann er aufstehen und sich Kaffee vom Herd nehmen. An sich könnte er sich an das Sofa gewöhnen.

Nachdem die halbe Nacht rum ist, kommt Josef auf die Idee, mit Gittileins Vater gemeinsam für Frau Rosgalla und seine Halbschwester arbeiten zu gehen. Der Gedanke läßt Josef einschlafen.

Am Morgen muß ihn Frau Rosgalla mehrmals schütteln, ehe er wach wird. Ich habe mit Gittileins Vater gesprochen, sagt sie. Er will wissen, ob deine Papiere in Ordnung sind.

Meine Papiere, sagt Josef, das ist so eine Sache. Ich habe ja keinen festen Wohnsitz. Und ohne festen Wohnsitz krieg ich keine Papiere! Frau Rosgalla reibt sich die blauen Augen. Sie kommt mit ihrer Ratlosigkeit nicht ganz zurecht.

Warum haben Sie mich denn so zeitig geweckt? fragt Josef.

Gittiliens Vater sagt, ohne Papiere kannst du nicht bleiben. Frau Rosgalla gibt Josef aus einer Blechbüchse zehn Mark. Besorg dir Papiere, dann kannst du wieder kommen. Ordnung muß bei uns sein!

Aber heute ist Sonntag, sagt Josef, da krieg ich nirgendwo Papiere!

Frau Rosgalla zuckt die Achseln. Sie legt die Decken zusammen, während Josef noch auf dem Sofa liegt. Ihr runder Hintern zeichnet sich unter dem Nachthemd ab. Ihr Körpergeruch steigt Josef in die Nase und macht ihm klar, daß Frau Rosgalla heute nacht mit Gittileins Vater geschlafen hat. Alles, was Geffi ihm über Frau Rosgalla gesagt hat, kommt Josef in die Erinnerung.

Sein Hals wächst zusammen und schließt so etwas Ähnliches wie einen Schrei ein.

Gittilein hat tatsächlich ins Bett geschissen, aber nicht viel. Gittileins Vater liegt immer noch im Bett und wird wohl auch erst aufstehen, wenn Josef gegangen ist.

Also, sagt Frau Rosgalla, und Josef geht.

Nachdem er am Sonntag Frau Rosgalla, Gittilein und Gittileins Vater verlassen hatte, ging er auf den Bahnhof und kaufte sich von den zehn Mark Kaffee und eine Bratwurst. Beides schmeckte ihm gut, und er vergaß Frau Rosgalla für eine Weile. Im Grunde, sagt sich Josef, hatte Geffi schon recht, Frau Rosgalla war eine ausgemachte Sau.

Schon am Nachmittag hatte Josef einen Job bei den Auto-Skooters auf dem Meßplatz. Die fragten nicht viel nach Papieren und einen Platz zum Schlafen gab es auch. So war er aufs erste untergebracht. Von nachmittags bis in die Nacht hinein hüpfte er zwischen den Autos einher, kassierte, wechselte Geld, half unbeholfenen Mädchen das Steuer lenken, und zeigte pfeifend die lässige Geschicklichkeit seiner Füße. Josef war da ein As, das mußte der Boss zugeben.

Am Abend, während seiner Pause, trank Josef im Bierzelt vier Halbe. Das war sehr viel für ihn. Wenn er die Augen schloß, zog sich ein gelber Kreis zu einem Punkt zusammen. Machte er die Augen wieder auf, umrahmte der Kreis das Bierzelt wie ein Bild.

Das gefiel Josef und er lachte vor sich hin.

Aber plötzlich saß Frau Rosgalla im Kreis. Appetitlich mit frischen, blonden Locken über den blauen Augen und rot gemalten Lippen lächelte sie Josef an.

Zu Hause hatte sie anders ausgesehen. Josef möchte sich die Augen verbinden, weil er nicht aufhören kann, Frau Rosgalla anzustarren. So lächelt sie jeden an, während Gittilein zu Hause das Bett vollgeschissen hat.

Die Kellnerin stellte zwei Halbe auf den Tisch und kassierte bei Josef. Danke, sagte Frau Rosgalla und rückte näher. Mit der Zeit wurde es im Zelt voller. Ihr runder Hintern stieß weich an seinen Schenkel, und ihre Knie sahen unter dem kurzen Rock hervor. Frau Rosgalla roch jetzt nach Deodorant.

Josef fühlte den eingeschlossenen Schrei von heute morgen in seinem zugewachsenen Hals und wartete. Auch Frau Rosgalla mußte auf etwas gewartet haben, denn als Josef noch immer nichts sagte, legte sie ihre Hand auf seinen Arm.

Da brüllte Josef über die Maßen laut los: Rühren Sie mich nicht an, sonst schlag ich Sie tot! Dann nahm er seine Halbe und goß sie über Frau Rosgallas Kopf aus. Das Bier tropft ihr von den Ohren auf die Schultern. Sie schrie Hilfe und ein Herr behauptete später, er habe verhindert, daß Josef die Dame verletzte.

Als Josef von der herbeigerufenen Polizei aufgefordert wurde mitzugehen, leistete er erheblichen Widerstand und wurde verhaftet. Bei der Aufnahme der Personalien stellte sich heraus, daß es sich bei der Geschädigten um die Locherin Elli Schütz handelte.

Josef hatte sie wohl mit Frau Rosgalla verwechselt. Aber er wußte nicht, wie er das den Polizisten erklären sollte. Deshalb schwieg er.

Weckels Angst

Er hatte die Augen geschlossen, schlief aber nicht, sondern tat nur so. Weckel lag ganz still.

Der Weckel schläft gar nicht, sagte Maiermann.

Nein, antwortete Zopper, er tut nur so!

Das war gegen acht Uhr abends. Immer dasselbe. Wenn die Stockwerksbeamten längst fort waren und die Langeweile durch den Bau zog, machte Maiermann das Denken verrückt. Er rollte sich in seinem Bett auf dem Rücken, stierte ein halbzerfetztes Aktfoto an und machte seine Hose auf.

Zopper sah ihm zu.

Der Hamburger, sagte er, hat sich 'ne Fliege auf seinen Schwanz tätowieren lassen. Sieht Klasse aus!

Weckel hielt den Atem an. Gleich würde Maiermann ihn rufen. Gleich – und dann mußte er es dem Maiermann machen und, wenn er Pech hatte, dem Zopper auch.

Der Beamte sagte später, so was kommt vor!

Zopper gab später zu, daß der Weckel Pech gehabt hätte, während Maiermann erst nach zweimaligem Fragen antwortete, daß der Weckel ihm scheißegal gewesen sei.

Weckel sagte später nichts, denn er war tot.

Im Haftbefehl stand, daß Weckel als Heranwachsender mit Gewalt gegen eine Person eine fremde bewegliche Sache einem anderen in der Absicht wegzunehmen versucht habe, um dieselbe sich rechtswidrig anzueignen, und in Tateinheit hiermit die Körperverletzung eines anderen verursacht habe.

Der Bewährungshelfer sagte nach Weckels Tod zu dessen Vater, daß Weckel lediglich mitgelaufen sei, weil er sonst nicht gewußt hätte, wo er hinlaufen sollte, an der Beute aber nicht beteiligt gewesen sei.

Der Haftrichter äußerte sehr viel später, daß zur damaligen Zeit der Beschuldigte keinen Beweis seiner Unschuld erbringen konnte und der Haftbefehl aufrechterhalten werden mußte, da Weckel weder einer geregelten Arbeit nachging noch einen festen Wohnsitz nachweisen konnte und somit Fluchtgefahr bestand.

Kurz nach acht hob Zopper Weckel am Kragen hoch, setzte ihn auf Maiermanns Bett und sagte: machs ihm!

Weckel sah auf Maiermanns Glied und sagte nein.

Er kauerte sich zwischen Maiermanns angewinkelten Beine. Er wiederholte sein Nein und lächelte obendrein dazu.

Später meinte Maiermann, Weckel hätte eben nicht nein sagen dürfen. Schließlich hätte es der Weckel ihm immer gemacht, und das wäre besser als nichts gewesen. Von der Seite müßte man das auch sehen.

Weckel lächelte. Er horchte still seinem Nein nach. Es hing zwischen den Fenstergittern, der Kloschüssel und den Bettpfosten. Es half seiner Erinnerung. Im allgemeinen sagte Weckel nie nein, da seiner Erfahrung nach darauf stets Prügel folgte. Nein hieß etwas nicht tun wollen. Da gab es Beispiele genug. Nein sagen ging prinzipiell ins Auge und brachte Schlimmes.

Nur einmal war es anders, einmal! – Weckel lächelte immer noch. Er sah nicht mehr Maiermanns Glied vor sich, sondern die Frau, wie sie quer über der Treppe lag, den Kopf über der dritten Stufe. Unter ihrer verrutschten Perücke lief ein Rinnsal Blut und zerteilte ihr Gesicht. Das sah komisch aus.

Als er sie von hinten angesprungen hatte und ihr fetter Arsch ins Wanken gekommen war, als sie sich in einem einzigen Schrei umgedreht und die Arme hochgeworfen hatte, war Weckel warm ums Herz geworden. Die Frau hatte seine Angst eingesteckt. Mit dem Überfall hatte er sie ihr verpaßt und jetzt mußte sie sehen, wie sie damit fertig würde. Weckels Messerchen, lang genug, um einen Apfel zu halbieren, blitzte. Der Frau saß Weckels Angst im Gesicht.

Willste Geld, jammerte sie, willste meine Tasche?

Und das war es, was Weckels Meinung nach die Situation veränderte. Die Frau hatte tatsächlich geglaubt, sich von Weckels Angst loskaufen zu können, um sie ihm wieder anzuhängen.

Willste Geld?

Weckel wollte kein Geld. Laut schrie er: Nein! Genau wie bei Zopper und Maiermann wiederholte er es noch ein paarmal. Dann schlug er zu, und die Frau fiel um. Das Messer hatte er nicht benutzt. Trotzdem hatten die Polizeibeamten bei der Verhaftung mehr von Weckels unbenutztem Messer und der Handtasche gesprochen als von seiner Angst.

Maiermann setzte sich auf und knöpfte seine Hose zu.

So ist das also, sagte er, wie findest du denn das, Zopper?

Zopper fand es böse.

Das können wir dem Weckel nicht durchgehen lassen, meinte er, da wird wohl ein Denkzettel notwendig sein.

Nein, schrie Weckel.

Maiermann stieg vom Bett. Er sagt schon wieder nein, Zopper.

Und Zopper sagte, daß das auf die Dauer nicht ginge. Sie nahmen Weckel, ohne daß er sich wehrte, an Händen und Füßen, legten ihn auf den Stiel eines Besens, umwickelten ihn mit allem in der Zelle vorhandenen Bettzeug und banden so die Decken um Weckel zusammen. Unbeweglich und unförmig lag er im Raum, lediglich Kopf und Füße frei, und den Späßen vom Maiermann und Zopper ausgesetzt.

Weckels Herz klopfte. Der Schweiß drückte sich aus seinen Poren. Er sagte kein Wort. Maiermann knöpfte schon wieder die Hose auf, kniete sich aber nicht über Weckel, wie der dachte, sondern blieb stehen, holte sein Glied hervor und pinkelte Weckel ins Gesicht.

Später sagte der Beamte, der Junge war erst fünfzehn und gegenüber Maiermann und Zopper etwas klein geraten, das gebe er zu. Aber eine Strafanstalt ist kein Sanatorium. Außerdem sind wir seit Monaten überbelegt, da ist nichts zu machen. Und nach einer Weile fügte der Beamte noch hinzu, daß es für ihn sozusagen nur eine Antwort aufs Gefängnis gebe: anständig benehmen und nicht reinkommen!

Weckel schmerzte der Besenstiel im Kreuz. Seine Lungenflügel flatterten. Aus seinem Mund, in dessen Winkeln noch die Feuchtigkeit von Maiermanns Pisse hing, kam kein Wort.

Es ist besser, wir stellen ihn hin, sagte Zopper, seine Ohren sind schon ganz blau.

Sie stellten Weckel auf Zoppers Vorschlag ins Klo. Danach ließen sie sich zum Kartenspiel nieder. Hin und wieder, wenn Weckel die Füße blau wurden wie vordem die Ohren, stand Maiermann oder Zopper auf und drückte die Spüle. Dann ging es Weckel besser.

Später sagte Zopper, daß sie sich wirklich nichts dabei gedacht hätten.

Weckel stand im Klo und dachte, daß die Sache doch zu Ende kommen müßte. Aber die Zeit ging nicht voran. Also dachte er an seine Mutter und seinen Vater und wer sonst noch außer Zopper und Maiermann gemein zu ihm gewesen war. Es waren ziemlich viel, und deshalb kam Weckel auf die Idee zu sterben.

Wenn ihr mich losmacht, flüsterte er unter Anstrengung so ruhig wie möglich, schluck ich einen Sputnik.

Na na, sagte Zopper, ein Sputnik ist kein Löffelstiel!

Maiermann sah gelangweilt in seine Karten. Haste keinen Bock mehr fürs Leben, Weckel?

Da sagte Weckel schon wieder nein. Er brüllte es so laut, daß am nächsten Tag die Leute vom Bau drei behaupteten, den Weckel gehört zu haben.

Er steigerte sich in seine Schreierei richtig herein, gurgelte und krächzte beim Einatmen, bis er genug Luft hatte, um wieder in Fahrt zu kommen. Da nützte auch das Spülen seiner Füße nichts mehr.

Weckel brüllte so lange, bis einer der Beamten die Essensklappe warf und seinerseits brüllte, ohne Weckel zu sehen. Wenn hier nicht gleich Ruhe ist, schlag ich euch die Knochen zusammen, daß euch die Schreierei von allein vergeht!

Da wußten Maiermann, Zopper und auch Weckel, was gespielt wurde. Es trat Stille ein.

Im allgemeinen bestand ein Schlägertrupp aus drei Mann. Manche Gefangenen mußten danach ins Krankenrevier, manche nicht. In jedem Fall aber handelten die Beamten, wie sie sagten, stets in Notwehr.

Auf Befragen äußerte sich später der Anstaltsleiter wie folgt: Nach der Dienst- und Vollzugsordnung sind bei Anwendung unmittelbaren Zwanges unter mehreren möglichen und geeigneten Maßnahmen diejenigen zu treffen, die den einzelnen und die Allgemeinheit am wenigsten beeinträchtigen. Die beabsichtigte Maßnahme ist, wenn die Lage es zuläßt, unmittelbar vor ihrer Durchführung anzudrohen.

Davon, daß die Beamten in der Vollzungsanstalt schlagen, war dem Anstaltsleiter, wie er sagte, nichts bekannt.

Maiermann und Zopper wickelten Weckel aus den Decken. Das Bettzeug roch vom frischen Schweiß noch muffiger. Weckel stieg aus der Kloschüssel. Er wankte.

Ob er jetzt seinen Sputnik frißt? fragte Zopper, und Maiermann sagte, daß ihm das egal wäre. Weckel kramte im Spind herum, fand zwei Nadeln, kreuzte sie, band sie mit einem Gummiband fest, daß ihre Spitzen in einem Abstand von einem halben Zentimeter zueinanderstanden, verpackte das Ganze in ein Stück Klopapier und steckte es in den Mund. Maiermann, sagte Zopper, der Weckel hat einen Sputnik im Mund!

Maiermann sagte gar nichts. Sie starrten nur Weckel an, der mit langsamen Schluckbewegungen den Sputnik herunterwürgte.

Es dauerte ziemlich lange, bis er unten war.

Tut es weh? fragte Zopper. Weckel schüttelte den Kopf und trank Wasser. Ich klingel, sagte Zopper, du verreckst sonst!

Wenn ihr jetzt klingelt, kommen die und machen euch fertig, weil ich vorhin so gebrüllt habe. Die glauben euch doch nicht!

Er hat recht, sagte Maiermann, es hat keinen Sinn!

Die Beamten der Nachtschicht sagten später: Besonders an den Tagen, wo schon um 17 Uhr zur Nacht abgeschlossen wird, haben wir viel Unruhe im Haus. Die Gefangenen benutzen jede Gelegenheit, um zu läuten. So oft wie die läuten, können wir gar nicht die Türen aufschließen. Wie soll man da seinen Dienst ordnungsmäßig verrichten? Meistens ist nichts dahinter als Langeweile, und schließen wir auf, kriegen wir obendrein noch Frechheiten an den Kopf geworfen. Da muß man schon energisch sein, wenn Ruhe herrschen soll.

Weckel wurde erst am folgenden Tag ins Krankenhaus gebracht. Die Nadeln hatten sich so unglücklich im Innern seines Körpers festgesetzt, daß er kurze Zeit später starb.

Maiermann und Zopper erhielten von der Anstaltsleitung

je zehn Tage verschärften Arrest wegen Nötigung zu homosexuellen Handlungen. Die ganze Sache war allerdings nur herausgekommen, weil Weckel kurz vor seinem Tod gequatscht hatte.

Littel faßt einen Entschluß

Weckels Tod hatte auf Littel Eindruck gemacht, das war keine Frage. Jedoch begriffen weder der Heimleiter noch Fietscher oder gar Kruzer die wirklichen Zusammenhänge, am wenigsten Littel selbst.

Nicht einmal auf der Beerdigung kam ihm der Gedanke, den Weckel zu vermissen. Der war tot, weg vom Fenster – nicht anders, als wäre er »eingefahren«.

Es machte Littel nichts aus, wie Weckel in seinem schäbigen Sperrholzsarg in die Grube fuhr und der Hamburger als erster eine Ladung nassen Sand hinterherwarf. Es regnete.

Weiter keine Blumen, keine Eltern, niemand, der Schwarz trug und nicht einmal Mädchen, die heulten. Eine miese Beerdigung also.

Littel hätte lieber im Hobel Bier getrunken. Er fror in seinem ausgefransten Jäckchen. Seine Zähne klapperten. Müßte er jetzt sprechen, er würde stottern.

So war es ihm nur recht, als er an die Reihe kam, dem Weckel drei Hände voll Sand auf den Weg zu geben. Das war eine Sache für sich und Littel warf den Sand mit Kraft auf den Sarg.

Die Kieselsteinchen polterten, prallten am Holz ab und flogen seitlich aus der Grube, dem Pfarrer vor die Füße.

Fietscher zeigte Littel den Vogel, und der Heimleiter, der nur mitgegangen war, um auf diese Weise gegen den unnatürlichen Tod des ihm unbekannten Weckel zu protestieren, machte einen Schritt auf Littel zu. Der hob abermals eine Hand voll Sand auf, und es war nicht ersichtlich, ob er den Heimleiter, den Pfarrer oder den Sargdeckel treffen wollte. Er traf den Sargdeckel und er hätte gerne noch mehr Sand in die Grube geworfen. Das Geräusch gefiel ihm außerordentlich gut. Es machte ihn fröhlich, besser gesagt, damit konnte er der Beerdigung einen Spaß abgewinnen.

Was soll das, Littel, sagte der Heimleiter – hör mit dem Blödsinn auf!

Wieso?

Littels Augenbrauen zuckten über den blinzelnden Lidern. Alles an ihm geriet in Bewegung. Das hier ist Scheiße, stotterte er laut los, hob das Kinn, wohl der Meinung, so flüssiger sprechen zu können, und fuhr fort: Was soll das denn für einen Sinn haben?

Er war schon wieder im Begriff mit Sand zu werfen. Da führte der Heimleiter Littel schnell so weit weg vom Grab, daß dieser nichts mehr hineinwerfen konnte.

Beruhige dich, Junge, sagte er freundlich.

Aber Littel beruhigte sich nicht, sondern feuerte jetzt ein paar Steine flach über die Gräber hin, als sollten sie auf Wasser springen. Keiner sah die Tränen in Littels Augenwinkeln. Er grinste nämlich immer noch. So was Blödes, schrie er und begann zwischen den Grabhügeln zu hüpfen. Es sah wirklich komisch aus. Fietscher konnte sich kaum noch das Lachen verbeißen. Selbst der Pfarrer klappte sein schwarzes Buch zu, schüttelte sanft den Kopf und sah Littel nach, wie er jetzt in großer Geschwindigkeit, einem Hindernisläufer gleich, mit vorwärtsgestreckten Beinen über die Gräber setzte und schließlich hinter einem Komposthaufen verschwand.

Als der Heimleiter nach der Beerdigung Littel ansprach, lachte der nur: Hab eben Quatsch gemacht, weiß auch nicht warum!

Und so konnte allgemein festgestellt werden, daß Littel keine Traurigkeit über Weckels Tod zeigte.

Er stotterte zwar nachhaltiger als sonst, seine Brauen zuckten mehr denn je über den blinzelnden Augen und er kaute seine Fingernägel neuerdings bis auf die Fingerkuppen herunter. Bier trank er doppelt soviel wie zuvor, und es fiel ihm schwer, mehrere zusammenhängende Sätze hintereinanderweg zu sagen.

Es dauerte eine Weile, bis Littel wieder an Weckel dachte. Bisher war, wie er meinte, kein Grund da gewesen, an Weckel zu denken.

Tot ist tot.

Aber nun dachte er an ihn, und die Gedanken an Weckel wuchsen in seinem Kopf von Minute zu Minute.

Er saß still auf dem Stuhl und starrte auf seine weiße Ratte, die tot vor ihm auf dem Rücken lag. Gestern war sie noch herumgelaufen.

Die Ratte, die von Littel der Einfachheit halber Ratte genannt wurde, gehörte eigentlich Weckel.

Aber Weckel wollte sie damals auf Dauer nicht haben, und so nahm Littel sie zu sich. Sie wohnte mit Erlaubnis des Heimleiters in Littels Zimmer. Sie saß am liebsten auf seinem Nakken, sie kroch in Littels Hemdausschnitt, lief über Brust und Schulter, rutschte durch den Ärmel und landete so wieder in seiner Hand. Das hatte Littel viel Spaß gemacht.

Als der Weckel feststellte, was sich alles mit der Ratte machen ließ, wollte er sie wiederhaben, und so war es zwischen den beiden zum Streit gekommen. Aber dann fuhr Weckel in den Knast ein, und die Ratte mußte bei Littel bleiben.

Littel brauchte weder nachzudenken noch zu fragen. Er wußte auch so, daß es Kruzer war, der die Ratte hingemacht hatte. Der konnte sie nämlich nicht leiden, hatte stets nach ihr getreten und ihr alles mögliche angedroht.

Nachdem Littel lange Zeit auf dem Stuhl gesessen und mehr an Weckel als an die Ratte gedacht hatte, stand er auf, packte das tote Tier am Schwanz und trug es aus dem Haus.

Noch auf der Treppe nahm Littel sich vor, die Ratte zu beerdigen, am Neckar oder nebenan im Wald, einen kleinen Hügel über sie häufen, nur Gras und Zweige darauf, denn Blumen – das würde er wohl nicht fertigbringen.

Als Littel aus der Tür kam, standen Kruzer und noch ein paar Typen aus dem Heim auf dem Hof.

He Littel, sagte Kruzer munter, bei dir schlägt das Schicksal aber zu!

Littel blieb stehen, nicht lange, nur zum Luft holen. Er sah von einem zum anderen, schob das Kinn aufwärts und fragte flüssig:

Wieso?

Na deine Ratte, Mensch, die ist tot, macht dich das nicht traurig?

Littel fühlte den Schwanz der Ratte in seiner Hand und begann das tote Tier zu kreisen, bis es nur noch als weißes wischendes Rund erkennbar war.

Achtung, schrie er und ließ die Ratte los. Sie traf Kruzer am Ohr. Kruzer schrie auf, und Littel sah, wie sich dessen Ohr rötete und an Größe gewann. Er sah auch, daß die anderen Kruzer festhielten und Spaß daran hatten, daß Kruzer der Dumme war. Darauf fing Littel an zu lachen. Ganz leise ließ er seinen Atem zwischen den Lippen herausblubbern, als säße er unter Wasser. Dann lief er weg, ähnlich wie auf dem Friedhof, ließ das Gelächter hinter sich und verkroch sich irgendwo.

Zwischen Gestrüpp, Steinen und fortgeworfenem Unrat der Sonntagsspaziergänger zog Littel im nahegelegenen Wald Bilanz.

Da war nichts, was er in seinem Leben als Gewinn zu verbuchen hätte. Selbst die Ratte war tot. Nichts zeigte sich, was ihn von Weckel unterschied – außer, daß dieser in der Grube lag.

Auch Weckel hatte es zu nichts gebracht, immer nur Träume gehabt. Viel Geld, Autos, Motorräder, Kleider und fortfahren, weit fortfahren. Littel grinste – und was war wirklich?

Weckels Reisen waren vom Heim in den Knast und vom

Knast ins Heim gegangen. Dazwischen lagen Angst, Prügel, ein paar Brüche, hin und wieder ein Vollrausch im Hobel und zum Schluß eine Beerdigung, die zum Lachen war.

Nein – Littel horchte lange Zeit in sich hinein.

Etwas ging in ihm vor, daß er nicht kannte. Es war ein ungewohntes Gefühl und es kostete ihn allerhand Anstrengung, damit fertig zu werden. Dann wußte er es – er hatte einen Entschluß gefaßt.

Erst wollte es niemand so recht glauben, aber nach vierzehn Tagen gab es keine Zweifel: Littel arbeitete.

Er hatte sich den Job selbst besorgt. Er hatte, wenn auch stotternd, dem Chef der Personalabteilung klargemacht, daß er vorbestraft sei, und dieser hatte ihm wohlwollend zugesichert, das Malheur für sich zu behalten und Littel einzustellen. So stand er nun seit zwei Wochen im blauen Overall am Packtisch der Seifenfirma, mit dem knallgelben Markenzeichen des Konzerns auf der Brust.

Littel war stolz, das war ihm anzusehen. Obwohl ihm seine vom Nägelkauen schutzlos gewordenen Fingerkuppen brannten und er sie nachts verbinden mußte, obwohl ihm der Seifengeruch die Schleimhäute austrocknete und das Blinzeln seiner Augen von Tag zu Tag stärker wurde, gab er nicht auf.

Er packte und türmte die Seifenpulverkartons zu großen Stapeln, wie es der Vorarbeiter verlangte und gönnte sich keine sonderliche Ruhe.

Trotzdem schaffte er auch nach vierzehn Tagen immer noch nicht das vorgeschriebene Pensum.

Da schlich sich langsam der Spott zwischen Littel und die Seifenpulver-Packer. Das machte ihn unsicher.

Freundchen, sagte der Vorarbeiter eines Tages, wenn du auf die Dauer so packst wie du sprichst, wirst du nicht viel bei uns!

Littel legte einen Zahn zu, verzählte sich aber später bei den Stapeln und verursachte abermals Ärger.

Dumm geboren und nichts dazu gelernt, schimpfte darauf der Arbeiter, der eigentlich für die Angabe der gepackten Stapel verantwortlich war. Und als einer der Gastarbeiter sagte: Soviel Arbeit für dich nix gut, du lieber zu Hause bei Mama, da brannte Littel die Sicherung durch. Stotternd schrie er: Im Knast, da hab' ich immer mein Pensum geschafft, da war ich einer der Besten, da hat keiner was an mir zu mekkern gehabt!

Stille trat ein. Ein paar Blicke wanderten hin und her, gesagt wurde nichts, nur der Vorarbeiter zuckte vielsagend mit den Schultern.

Am folgenden Abend wäre Littel gern in den Hobel gegangen, um sich ordentlich vollaufen zu lassen, aber er ließ es bleiben. Er legte sich ins Bett und überprüfte seinen Entschluß, bis er einschlief.

Als Littel am nächsten Morgen seinen blauen Overall anzog, hatte er Angst. Er wußte, wenn ab heute den Kumpels etwas fehlen sollte, dann war er dran. Doch als ein Arbeiter drei Tage später ein neues Hemd aus seinem Spind vermißte, kam niemand auf den Gedanken, Littel zu verdächtigen. Es traute ihm wohl niemand zu.

Hingegen wurde jetzt auch von den Kumpels seine Arbeitsleistung registriert. Tja, sagten sie und lachten, so gemütlich wie im Knast hast du es bei uns nicht!

Und hin und wieder begann einer oder der andere sein Stottern nachzuahmen. Das alles brachte Littel in Schwierigkeiten. Er hätte gerne mit jemandem darüber gesprochen. Aber es fiel ihm keiner ein und so versuchte er soviel wie möglich an Weckel zu denken, an die Beerdigung und an die Ratte.

In Littels dritter Arbeitswoche, während einer Frühstückspause, brannte ihm dann zum zweiten Mal die Sicherung durch. Er hatte sein Brot vergessen, saß da und schaute den Kollegen zu, wie sie aßen. Der Appetit machte ihm die Mundwinkel feucht und er mußte immer wieder, ob er wollte oder nicht, mit der Zungenspitze über die Lippen fahren. He Littel, sagte einer, willste mal beißen? Und er hielt Littel ein Wurstbrot so dicht unter die Nase, daß Littel vor Appetit den Mund aufriß und zuschnappte. Aber auch hier war er wieder nicht schnell genug. Seine Zähne klappten leer aufeinander, er hatte kein Stückchen von dem Brot erwischt. Nichts blieb ihm als brüllendes Gelächter. Littel merkte nicht, wie ihm das Brot jetzt gutmütig in die Hand gedrückt wurde. Er hörte auch nichts. Er fühlte nur, wie es hohl in ihm wurde. Er sah nicht einmal den Itaker, der ihm von seinem Bier abgeben wollte. Littel sah nur den Tisch mit den Broten, Büchsen und Flaschen. Er steuerte auf ihn zu und warf ihn um.

Cola und Bier spritzte auf die Männer. Käse, Wurst und Brote rollten über den Boden, und es gab ein Heidendurcheinander. Irgend jemand haute Littel eine herunter. Da zog er seinen Overall aus und ließ sich im Büro seine Papiere geben.

Dem Heimleiter sagte Littel vorerst nichts. Am Abend saß er mit Kruzer und noch ein paar Typen im Hobel. Die Stimmung war gut, und keiner fragte ihn, warum er so lange Zeit nicht dagewesen sei. Kruzer schmiß ein paar Runden und hatte eine Menge zu erzählen. Littel fühlte sich wohl. Er schlug bei jedem Witz, den Kruzer machte mit der Faust auf den Tisch und wünschte sich mit den anderen, daß es Zopper und Maiermann wegen Weckels Tod nicht zu sehr an den Kragen gehen sollte.

Gegen Mitternacht verließ er stark betrunken den Hobel. Er kürzte den Heimweg ab und lief durch den Wald. Als er einen Mann vor sich sah, quatschte er ihn an: Haste ne Zigarette?

Der Mann drehte sich um, und Littel sah, daß es ein Ausländer war. Irgend so ein Grieche oder Türke.

Hier hast du, sagte der Ausländer freundlich.

Sie gingen eine kurze Wegstrecke nebeneinander her. Plötzlich traf den Ausländer Littels Faust mitten ins Gesicht, so daß er kopfüber in das Gras flog und die Böschung herunterrollte, wo er liegen blieb. Eigentlich wollte Littel nachspringen, ließ es aber, als er von der Ferne eine Polizeisirene hörte.

Im Bett kam Littel nicht zur Ruhe. Gemessen an Kruzer, Maiermann und Zopper war das nichts Halbes und nichts Ganzes, was er da gebracht hatte. Sozusagen gar nichts.

Wenn alles heraus kam, müßte er für eine Sache Strafe einstecken, die keinem imponierte, vielleicht nicht einmal diesem verdammten Ausländer mit seinem Gequatsche. Wieder hatte er die Polizeisirene im Ohr. Wenn die jetzt hinter mir her wären, dachte er sich, wenn die mich jagen würden, so zwei, drei Peterwagen, wenn beispielsweise so ein ganzer Apparat meinetwegen in Bewegung käme, wenn es in der Zeitung stünde und alle von ihm reden würden – was dann?

Littel setzte sich hin – das wäre ein ungeheures Ding.

Er sprang aus dem Bett, seine Hände zitterten, und es fiel ihm schwer, die Hose zu schließen. Zu wem, überlegte Littel fieberhaft, zu wem gehe ich bloß? Und er hatte mit einem Griff sein Taschenmesser in der Hand.

Der Heimleiter bekam einen gehörigen Schreck, als er Littel so vor sich stehen sah.

Was ist denn los? fragte er und trat zurück. Littel riß die Augen auf. Das aufgeklappte Taschenmesser fuhr dem Heimleiter entgegen.

Da!

Erleichtert stellte dieser fest, daß es Littel nicht auf ihn abgesehen hatte. Er kam wieder näher.

Was soll das?

Ich hab ihn abgestochen, sagte Littel.

Was hast du?

Ich hab einen umgelegt, abgestochen, hier mit dem Messer – drüben im Wald. Der Heimleiter starrte das Messer an.

Groß genug war es, auch wußte er, wie unberechenbar Littel sein konnte.

Wann? fragte er.

Littel schloß die Augen. Wirklich, es klappte großartig. Er gab sich Mühe, nicht zu stottern. Er steckte seine Zungenspitze zwischen die Zähne, damit sie nicht aufeinander schlugen, und er legte sich jedes Wort zurecht, damit aus seiner Geschichte eine richtige Sache wurde.

Nachdem der Heimleiter Littel in sein Auto geladen hatte und sich am Tatort davon überzeugte, daß dort jemand durch das Gras die Böschung heruntergerollt war, fuhr er Littel zur Polizei.

Dort fand Littel, daß der Apparat zwar langsam, aber doch unaufhaltsam in Bewegung kam. Er hielt gut durch, und obwohl es hin und wieder kleine Abweichungen in seinem Geständnis gab, nahm die Polizei die Sache ernst.

Gegen fünf Uhr früh wurde Littel im Streifenwagen abermals an den Tatort gefahren. Als er dort ankam, standen bereits zwölf Peterwagen zum Einsatz bereit, um den Wald nach dem von Littel erstochenen Mann zu durchsuchen. Kommandos fielen, Littel wurde gefragt, und Littel gab Antwort.

Immer wieder dasselbe: Dort an dem Weg, da hab ich ihn abgestochen!

Warum?

Weiß nicht – er hat mir zuviel gequatscht!

Als sich die Menge der Polizisten in Bewegung setzte, um den Wald zu durchkämmen, klopfte Littels Herz bis zum Hals, und er dachte:

Jetzt müssen sie morgens um fünf durch den Wald latschen, statt in ihren Betten neben ihren fetten Weibern zu pennen, nur weil ich es so wollte.

Erstaunlich blieb, daß Littel seine Behauptung bis in die Mittagsstunde des folgenden Tages aufrecht hielt. Selbst als man ihm nachwies, daß an seinem Messer keinerlei Blutspuren zu finden waren, gab er nicht auf. So wurde der Ordnung halber zum widerholten Male das Verhör aufgenommen und erst abgebrochen, als Littel sich in seiner Übermüdung hoffnungslos widersprach.

Ins Heim zurückgebracht, schlief Littel vierzehn Stunden hindurch, ohne aufzuwachen. Am nächsten Tag stand im Polizeibericht, daß ein siebzehnjähriger Jugendlicher aus Geltungstrieb einen angeblichen Mord gestanden habe, eine Fahndung ausgelöst hätte, die aber nach kurzer Zeit abgebrochen werden konnte.

Im Hobel wurde gelacht, aber letztlich mehr über Littel als über die Polizei. Littel lachte mit.

Paßt nur auf, schrie er unverständlich und haute mit der Faust auf den Tisch, daß die Gläser tanzten, paßt nur auf!

Aber er sagte nicht, warum aufgepaßt werden sollte, und es fragte auch keiner weiter danach.

Als der Hobel Feierabend machte, standen Kruzer und Littel noch eine Weile vor dem Lokal.

Sieh mal dort, sagte Kruzer, den Alten, was meinst du, wollen wir?

Littel erschrak. Was soll denn der haben, stottert er, was lohnt sich denn an dem Arsch?

Kruzer lachte: Ja, ja, unser Littel!

Dann ging er gemütlich auf den alten Mann zu, stellte dem ein Bein und schlug ihn – wie Littel fand – unerhört geschickt mit der Handkante unter das Kinn. Der Mann fiel ohne Schrei um. Kruzer nahm ihm das Portemonnaie weg.

Die Beute betrug zwanzig Mark.

Littel hatte sich nicht beteiligt. Er sah nur, wie der Kruzer den Schlag ansetzte, und hörte darauf das dumpfe Klatschen, mit dem der Alte auf das Pflaster knallte. Dann ging er weg.

Wieder wollte Littel den Weg abkürzen, wieder ging er durch den Wald, wieder lief da ein Mann. Littel war, als sähe er sich zum zweiten Mal den gleichen Film an. Schon wollte er den Unbekannten um eine Zigarette anhauen, als der ihn am Arm packte und Unverständliches lallte.

War es das Anpacken, war es das Losquatschen – Littel äußerte sich später nicht dazu.

Er wußte nur, daß er mit aller Wucht zugeschlagen hatte und der Mann, ähnlich wie der von Kruzer niedergeschlagene Alte, auf den Boden knallte. Nur daß Littel vergaß, dem Mann etwas wegzunehmen.

Danach trat Littel den am Boden Liegenden mit den Füßen ins Gesicht und verletzte ihn so, daß er für Wochen ins Krankenhaus mußte.

Während Kruzers Überfall unaufgedeckt blieb, wurde Littel am nächsten Morgen verhaftet, obwohl er von sich aus die Tat nicht zugegeben hatte.

Der gute Tag

Zopper scheint die zu erwartende Arreststrafe gleichgültig zu sein.

Die zehn Tage reiß ich ab wie nichts, lacht er, mich kann keiner fertig machen, mich nicht!

Maiermann weiß, daß Zopper zehn Tage lang hintereinander schlafen kann.

Zopper legt sich auf die Pritsche und poft zweihundertvierzig Stunden durch, steht nur zum Fressen und Pissen auf, könnte sogar auf den Hofgang verzichten und hat es bisher noch immer geschafft, sich auch in den harten Tagen die Matratze durchs Gitter zu angeln.

Ich möchte wissen, sagt der Beamte, wie man euch noch beikommen soll!

Zopper läßt seine Lache los, und Maiermann stimmt so gut es geht ein.

Was denn, sagt Zopper, während sie alle drei die Kellertreppe zu den Bunkern heruntersteigen, ist doch nicht das erste Mal.

Legt man eben einen anderen Rhythmus auf – das ist eine Einstellungsfrage, Maiermann. Mußt immer dran denken, im Bunker bleibst du ganz unverbraucht, da kann dir keiner!

Los Junge, unterbricht der Beamte gutmütig und schubbst den lachenden Zopper in den Bunker, und paß auf, daß du dich nicht totlachst!

Stille.

Von Zopper kein Wort mehr. Die Türen, mit doppeltem Eisen gefüttert, lassen keine Lache durch, auch nicht die von Zopper.

Maiermann muß in den Bunker vom dritten Flügel – alles geht schnell.

Die Schlösser schnappen hinter dem Gitter, hinter der Tür.

Und zum Schluß, all dem Lärm ein Ende bereitend, zweimal die Riegel, einer oben und einer unten.

Ab jetzt kann Maiermann, wenn er will, seinem Atem zuhören.

Aber es ist nicht nur still, es ist auch warm, und Maiermann weiß, warum das so warm ist.

Krank soll schließlich keiner hier werden.

Er zieht den aufgeheizten Kellergestank durch die Nase, der innerhalb der nächsten zehn Tage nur durch den Inhalt seines Kübels verändert werden wird.

Maiermann sieht sich mit geschlossenen Augen um. Was es hier zu sehen gibt, paßt auf ein Foto.

Links oben das Fenster. Das gewürfelte Milchglas macht alles Licht von draußen kaputt.

Maiermann kennt das schon.

Mit der Zeit wird er nicht mehr wissen, ob es sich um einen Vor- oder Nachmittag handelt. Er wird die Grautöne nicht mehr unterscheiden können und alles durcheinanderbringen.

Anderthalb Meter vom Fenster hängt als Wandschmuck der Zelle – wie ein modernes Kunstwerk – die Matratze.

Ein auf die Wand gespanntes Rechteck, weich und ersehnt, stinkend – voll Flecken von Samen, Urin und Erbrochenem.

Und während es Zopper gelingt, jenes, auch in seiner Arrestzelle hängende Kunstwerk durch das Gitter zu angeln, um Strafe und Sühne wegzupennen, bleibt die Matratze für Maiermann zwei Tage lang immer nur ein Gegenstand der Betrachtung.

Es ist Montag, und nach all diesen Überlegungen hat Maiermann nun eine halbe Stunde seines zehntägigen Arrestes hinter sich gebracht.

Neben der Matratze an der Wand, unter der Decke in einem Mauerloch, die Lampe. Eingehüllt in ein dichtes Netzwerk bleibt sie vor Maiermanns Angriff geschützt.

Maiermann wird zehn Tage lang außer dem durch das Milchglas scheinenden Grau kein Licht haben.

Es ist November. Nach seiner Rechnung wird es gegen siebzehn Uhr dunkel.

Die Tür, vor Jahr und Tag gelblich gestrichen, klinkenlos, bleibt für Maiermann hier uninteressant.

Denn links der Tür beginnt das Gitter. Hohe, bis zur Decke reichende Gitterstäbe umschließen Maiermann wie einen Bären oder Affen im Wanderzirkus.

Das Gitter teilt den Raum in zwei Teile.

Ein Teil stellt Maiermanns Käfig dar, der andere Teil bleibt unbenutzt, da der hier Eingeschlossene von seiten der Anstalt nur selten zur Besichtigung freigegeben wird.

Es sei denn, Maiermann tobt. Dann kann es sein, daß der Anstaltsarzt, vielleicht auch der Anstaltspfarrer, der Dienstaufsichtsleiter und der zuständige Beamte Maiermann durch das Gitter betrachten, um ihm gut zuzureden.

Natürlich wird in so einem Fall auch das Licht angeknipst.

Ruhig Mann, heißt es da, so kommen wir nicht weiter!
oder:

Warten Sie ab, morgen haben Sie einen guten Tag, da gibt's was Warmes, Matratze und Hofgang!

oder:

Glauben Sie doch nicht, daß ich auf einen Simulanten wie Sie hereinfalle. Da müßte ich ja als verantwortlicher Anstaltsarzt jedem Häftling seine Disziplinarstrafe auf Grund seines Zustandes erlassen.

oder:

Christus hat gesühnt, um den Menschen mit Gott zu versöhnen, aber nicht, damit Richter und Staatsanwalt dem Rechtsbrecher vergeben.

Selbst Zopper hat es bisher noch nicht geschafft, auf diese Weise aus dem Bunker zu kommen.

Innerhalb des Käfigs befindet sich der Kübel, der je nach

Belieben und Zeit des Beamten von außen gespült wird. Weiterhin steht Maiermann eine Plastikschüssel zur Verfügung, in dem ihm morgens etwas kaltes Wasser zum Waschen gereicht wird.

Doch Mittelpunkt bleibt nach wie vor die Pritsche. Sie ist auf einem Betonsockel montiert und erinnert an einen Sarkophag, vor allem wenn Maiermann darauf liegt.

Es sind allerlei Sprüche eingeritzt, Namen, Daten und Zeichen, nicht anders als auf Bänken von Ausflugsorten oder in Pissoirs.

Maiermann ritzt nichts ein, hat es noch nie getan. So ein Gefühl, sagt er mal zu Zopper, geht andere einen Scheißdreck an.

Er sitzt auf seinem Sarkophag und wartet, daß etwas in ihm passiert. Maiermann stülpt sich von außen nach innen, um mit der Sache fertig zu werden.

Wenn er wie Zopper pofen könnte, wäre die Situation zu meistern. Aber Maiermann kann nun einmal nicht pofen, zumindest nicht die erste Zeit.

Er muß immerfort daran denken, daß er heute und morgen nur Brot und eine kaffeeartige Flüssigkeit bekommt, daß er zwei Nächte auf dieser verdammten Holzpritsche zubringen wird, nachts mit drei Decken versehen, und daß er nur jede dritte Nacht die Matratze unter seinem Hintern spüren wird.

Jeden dritten Tag warmes Essen und jeden dritten Tag eine halbstündige Ausführung aus seinem Käfig.

Maiermann hat jetzt eine Stunde seines zehntägigen Arrestes herum. Er beginnt zu zittern. Er krümmt unverhofft den Rücken, beißt die Zähne zusammen und springt mit ungeheurem Schwung, den Kopf nach vorn gerichtet, gegen das Gitter.

Auf seiner rechten Stirnseite wächst tulpengroß eine Beule.

Mehr hat Maiermann nicht erreicht.

Im Grunde wußte er das auch vorher. Aber es war nichts da, was ihn von dem Sprung gegen das Gitter hätte abhalten können.

Der Schmerz tut ihm gut, weil er sich damit beschäftigen kann. Wenn er jetzt tot wäre, der Kopf durch das Gitter gespalten, in Scheiben geschnitten und säuberlich in Portionen aufgeteilt wie Pfälzer Saumagen?

Es würde in der Zeitung stehen!

Was würde in der Zeitung stehen?

Maiermann flucht.

Er schlägt sein Wasser ab.

Er rennt herum.

Er sitzt auf der Pritsche.

Er zählt die Käfigstäbe.

Er zählt sie nicht zu Ende.

Er zieht die Glocke und weiß, daß niemand kommen wird.

Er starrt die Matratze an.

Er brüllt.

Er legt sich hin.

Er onaniert.

Er singt.

Er tanzt.

Er schläft und wacht wieder auf.

Es ist immer noch nicht dunkel.

Maiermann hat jetzt seine sechste Stunde Arrest hinter sich.

Der Beamte bringt Brot und etwas zu trinken.

Ist was? fragt er.

Er schüttelt den Kopf.

Euch soll einer beikommen, sagt der Beamte und schließt zwischen Maiermann und sich Gitter und Tür gründlich ab.

Der Beamte hat Feierabend.

Maiermann stellt fest, daß noch immer nichts in ihm passiert ist. Dafür wird es endlich dunkel.

Am Morgen wiederholt sich das wenige hundertfach, und am dritten Tag findet Maiermann im Hofgang, dem warmen Essen und einem ausgiebigen Stuhlgang, den er zum Spaß hinauszuzögern weiß, Abwechslung. Schon am Nachmittag beginnt er auf die Matratze hinter dem Gitter zu stieren.

Ihm fällt jetzt allerhand ein. Aber so richtig passieren wird sicherlich erst etwas in ihm, wenn er auf dem Ding da liegt, das weiß er.

Ein paar Stunden später ist es so weit. Maiermann liegt auf dem Bauch, die Arme über dem Kopf ausgestreckt.

Der modrig süßsäuerliche Geruch des ungelüfteten Polsters stört ihn nicht.

Was kümmert ihn, wer vor ihm auf dem Ding gelegen, hineingeheult, gekotzt oder gepißt hat.

Für Maiermann bedeutet die Matratze ein Boot, auf dem er in seine Gedankenwelt segelt.

Maiermann findet auf Anhieb keinen rechten Anhaltspunkt. Weil er Zeit hat, fängt er ganz von vorne an. Er hüpft von einem Jahr in das andere, immer auf der Suche nach etwas Angenehmem, etwas, an daß es sich gut erinnern läßt. Nichts?

Maiermann wird unruhig. Wenn in ihm nichts passiert, wird er durchdrehen. Er macht die Augen auf und sieht im dämmrigen Schimmer die Käfigstäbe. Jetzt nimmt er auch den süßsauren Gestank der Matratze wahr.

Er legt sich auf den Rücken.

Seine Kindheit gibt er bald auf. Da ist nichts zu finden, an das es sich lohnt zu denken.

Mädchen? Maiermann seufzt.

Er wüßte gern, wie viele er hintereinander schaffen würde. In jedem Falle mehr als Zopper.

Sein Glied wird steif. Er umfaßt es mit Stolz. Sein Schwanz ist das einzige, auf daß er sich verlassen kann.

Er dreht sich um, umklammert das modrige Stück Polster,

stößt hinein, immer wieder, gibt nicht auf, weiß, daß etwas passieren wird, grunzt, sieht gespreizte Mädchenbeine und schießt mit lautem Schrei seinen Samen auf die Matratze hin. Dann sackt er zusammen.

Längst ist ihm klar, daß er sich etwas vorgemacht hat. So einfach ist die Sache nicht, schon lange nicht mit und auf einer Matratze. Er spürt, wie es in ihm würgt . . . Das ist genau das, was ihm nicht passieren darf.

Sein Atem geht schnell. Er liegt wieder auf dem Rücken, die Hände zu Fäusten verkrampft.

Er denkt.

Er öffnet die Augen und sieht etwas. Verschwommen im Nachtlicht, vielleicht auch durch die Feuchtigkeit zwischen seinen Wimpern, erkennt er im Deckengemäuer den Umriß eines Maschinengewehres. Wie ein Kronleuchter hängt das Ding über ihm.

Schwarz, glänzend, das Magazin voll.

Er braucht nur zuzupacken.

Maiermann jauchzt. Endlich ist etwas in ihm passiert. Jetzt wird es rund gehen.

Zwei, drei Schüsse – Tür und Schlösser fliegen auf.

Der Beamte hat das MG im Kreuz.

Zopper kommt mit, hat auch so ein Ding in den Händen.

In der Zentrale legen sie beide die Beamten reihenweise um und häufen sie übereinander. Rotes, warmes Blut fließt aus ihren Leibern.

Maiermann und Zopper verteilen Gewehre an alle Gefangenen.

Maiermann hat das Wort.

Seine Befehle sind richtig. Die Gefangenen halten zusammen. Die Bullen haben Angst. Vor dem Knast stehen Leute und brüllen in Sprechchören, daß Maiermann kommt.

Jetzt geht die Sache erst richtig los.

Maiermann beschränkt sich auf Pistolen, schießt aus der Hüfte.

Zopper chauffiert ihn im schlohweißen Mercedes durch die Stadt. Die Leute bleiben stehen.

Dort fährt Maiermann, sagen sie und ziehen die Hüte. Die Frauen laufen in die Häuser, die Mädchen kreischen verzückt und werfen sich vor die Räder.

Maiermann wirft Zopper die Pistolen zu. Er hat es nicht mehr nötig zu schießen.

Zopper läßt die Waffen verstauen, denn man kann nie wissen. Maiermann macht es im Grunde viel mehr Spaß, wenn die Leute klatschen.

Er verschenkt die Häuser der Reichen an die Armen und wird ungeheuer beliebt.

Wer sich beschwert, wird von Zopper und Konsorten abgeknallt.

Im allgemeinen aber möchte Maiermann wirklich ohne Schießerei auskommen. Am Sonntag dürfen nur Jugendliche auf die Straßen. Alles was über Dreißig ist, muß zu Hause bleiben.

Auf den Plätzen der Stadt läßt Maiermann berühmte Bands spielen. Überall ist Musik.

Wer will, kann Shit rauchen.

Maiermann singt ein Lied vom Tod.

Die Mädchen kreischen noch lauter als zuvor, einige werden ohnmächtig, und zum Schluß gibt es durch das Gedränge um Maiermann mehrere Schwerverletzte.

Ich möchte an deiner Seite kämpfen, sagt Jane Fonda zu Maiermann. Sie ziehen beide die gleiche Uniform an und tanzen im Eisstadion vor zehntausend Zuschauern.

Maiermann überlegt jetzt, ob er Zopper entlassen soll, da er die Sache mit Jane Fonda auch allein schafft.

Am nächsten Morgen nimmt Maiermann nur Flüssigkeit zu sich. Das Brot läßt er liegen. Er ist voll auf seinem Jane-Fonda-Trip.

Der Beamte will Maiermann etwas Gutes tun und bietet ihm eine Zigarette an.

Wenn du nicht abhaust, brüllt Maiermann darauf, laß ich dich von Zopper umlegen.

Der Beamte verläßt murrend die Zelle.

Wie soll man denen bloß beikommen!

Maiermann hingegen entschließt sich dazu, Zopper nicht zu entlassen. Im Gegenteil, er befiehlt ihm, eine Leibgarde aufzustellen, die Tag und Nacht vor seiner und Jane Fondas Tür Wache schiebt.

Eine Woche später steigt Maiermann noch dünner und mit mehliger Gesichtsfarbe aus dem Keller. Seine Bewegungen sind fahrig, und seine Augen haben einen besonderen Glanz. Zopper findet, daß Maiermann irgendwie komisch aussieht.

Na, Maiermann, sagt der Dienstaufsichtsleiter, haben Sie sich im Arrest mal Gedanken über Ihr Verhalten gemacht?

Was für ein Verhalten? fragt Maiermann verwirrt und überlegt, ob er vielleicht von Jane etwas ausgequatscht hat oder von der Zeit, wo er am Drücker war.

Mann, sagt der Beamte, wenn ich daran denke, was Sie da mit dem Weckel gemacht haben, ist zehn Tage Arrest viel zu wenig für Sie!

Ach so, der Weckel, sagt Maiermann immer noch fahrig, an den hab ich gar nicht gedacht!

Nicht gedacht? Der Beamte starrt Maiermann fassungslos an.

Nein, sagt der ganz ohne Spott in der Stimme, ich hab dazu keine Zeit gehabt!

Krumbs Flucht

Wenn du in Amsterdam bist, sagte der Schänzer, mußt du die Nummer hier anrufen!

Krumb drückte sich wie von ungefähr an den Schänzer, um die Nummer auf dem Zettel zu lesen. Der Gang vor den Zellen war schmal genug. Der Schänzer lächelte, und seine aufgeschwemmten Backen zogen sich in dicke Wulste zusammen.

Ein Gesicht zum reinhauen, dachte Krumb.

Natürlich mußt du dich auf mich berufen und dazu die Zahl vierzehn sagen, fuhr der Schänzer fort.

Vierzehn? fragte Krumb.

Ja, vierzehn. Der Schänzer schob den Zettel unter seine Schürze zurück. Er hatte es nicht eilig, das sah man ihm an.

Krumb überlegte. Die Essensausgabe hatte begonnen, und wenn er vor dem Einschluß zum Ziel kommen wollte, mußte er sich ranhalten.

Er hatte sozusagen noch zehn Minuten Zeit, wenn er die nächsten vier Jahre seines Lebens beeinflussen wollte.

Drüben brüllte der kleine Schneider herum und behauptete, man hätte ihm seine Schuhe gestohlen. Der Pornomüller verhökerte seine ausgefransten Heftchen, Kube drohte zum hundertstenmal, daß er den Doktor zur Sau machen würde, und der Neue von Nullfünf sah ganz so aus, als wenn er nach Einschluß schnippeln wollte.

Ich bin auf dich nicht angewiesen, Krumb, sagte der Schänzer.

Das wußte Krumb selbst.

Der Stockwerksbeamte begann mit dem Einschluß. Achtundvierzigmal die gleiche Bewegung. Mit der rechten Hand schloß er ab, mit der linken schob er den oberen Riegel vor, und mit einem Fuß den unteren. Krumb zählte mit.

Gleich würde er an der Reihe sein.

Noch lächelte der Schänzer und hielt den Zettel unter der Schürze. Morgen, dachte Krumb – morgen habe ich Verhandlung. Morgen muß ich mit vier Jahren rechnen. Vier Jahre hinter Türen ohne Klinke, vier Jahre keine Mädchen, und vier Jahre lang werde ich abends den kleinen Schneider brüllen hören.

In Krumbs Hirn stellte sich alles mal vier dar, und der Stockwerksbeamte war jetzt nur noch vier Zellen entfernt.

Also? Der Schänzer hielt den Zettel unter der Schürze. Er würdigte Krumb keines Blickes, sondern sah seinerseits dem Stockwerksbeamten zu.

Jetzt kannst du noch bis vier zählen, sagte er. Aber Krumb zählte nicht einmal bis drei.

Er rannte in die Zelle, griff in die Tischlade, zog einen Kasettenrecorder hervor und schob ihn im letzten Moment dem Schänzer unter die Schürze.

Beeilung, sagte der Stockwerksbeamte, und schon knallten die Riegel hinter Krumbs Tür in die eisernen Laschen.

Das Schloß schnappte, und Krumb, der vorsichtig den Zettel glatt strich, sagte sich, daß dieser Einschluß für ihn der letzte gewesen sei.

Am folgenden Vormittag stand Krumb an der Tür der Amtsgerichtszelle und überlegte sich jede Bewegung. Auf keinen Fall wollte er schlagen. Nur schnell mußte er sein, sehr schnell. Und er durfte keine Angst haben. Vorsichtig legte er sein Ohr an den Türspalt und horchte den Schritten nach, die ihm nicht galten.

Im Verhandlungssaal sammelte sich das Publikum: ein paar Freunde, Rentner und eine lärmende Mädchenklasse.

Staatsanwalt und Verteidiger schlüpften in ihre Roben, während Krumbs Bewährungshelfer noch einmal die Akten durchging.

Die Tür zum Flur stand offen, gleich würde der Angeklagte den Gerichtssaal betreten.

Bei den Schulmädchen machte sich eine Art Theaterstimmung bemerkbar. Die Lehrerin bat um Ruhe.

Plötzlich hörten alle einen Schrei.

Krumb hatte ihn rein versehentlich ausgestoßen und damit dem Beamten einen gewaltigen Schreck versetzt. Seit zwanzig Jahren führte der Alte Tag für Tag die Angeklagten in den Gerichtssaal und wieder hinaus, aber angebrüllt hatte ihn bisher noch niemand. So war er bei Krumbs Schrei zurückgewichen. Das hatte genügt.

Krumb lief mit langen Sätzen den Flur des Amtsgerichts entlang, an der offenen Saaltür vorbei.

Stehenbleiben! rief endlich der alte Beamte, und damit wurde allen klar, daß Krumb sich auf die Flucht begeben hatte, oder wie er selbst sagte, die Flatter machte.

Die Schulmädchen fanden das Ganze große Klasse. Der Staatsanwalt verständigte den Richter, der Verteidiger entledigte sich wieder der Robe, der Bewährungshelfer verließ den Saal, die Freunde feixten, und die Rentner zogen mürrisch in die nächste Verhandlung.

Krumb überquerte den Ring schnell, aber ohne Hast, und als im Amtsgericht Alarm ausgelöst wurde, hatte er längst die Jesuitenkirche hinter sich gelassen.

Die Freiheit schmeckte nach nichts und enttäuschte Krumb. Das Ungewöhnliche blieb aus.

Können Sie nicht aufpassen?

Krumb sah in wäßrig blaue Augen unter einem lächerlich runden Hut. Plötzlich wußte er, was ihm bisher gefehlt hatte – die Menschen.

Im Knast hatten sie ihn verfolgt oder er sie, da ging es um die Wurscht, wer wen in die Pfanne haute und Sieger blieb, und er sagte zu der Frau: Halt die Fresse!

Gegen zwölf Uhr mittags besuchte er Moni. Sie war weder angezogen noch gewaschen. Sie hockte in einem Nylonhemd ohne Höschen auf ihrem Bett und rauchte.

Krumb lehnte an der Tür und starrte zwischen Monis gekreuzte Beine. Die Fenster waren geschlossen, und obwohl draußen die Sonne schien, hatte Moni die Fenster mit Decken verhängt. Sie haßte Tageslicht und frische Luft.

Krumb zog den abgestandenen Mief ein.

Ich wußte gar nicht mehr, wie es bei dir riecht!

Moni lehnte sich – die Beine immer noch gekreuzt – mit dem Rücken an die Wand.

Krumb fand keine Worte.

Ich dachte, du bist im Knast, näselte sie.

Sie schob ihr schmutziges Hemdchen bis über den Nabel hinauf, und ihre Hände fuhren zwischen den Schenkeln auf und ab. Dabei schaukelte sie sanft und rhythmisch hin und her.

Krumbs Körper verkrampfte sich. Er hörte sich fluchen. Er sah, wie Moni die Lider über ihren Augäpfeln schloß.

Er riß sich endlich die Hosen herunter, längst wissend, daß sie gleich vor ihm und ohne ihn fertig würde.

Er hielt verzweifelt sein Glied in der Hand und stopfte es viel zu spät zwischen Monis ausgestreckte Beine.

Als Krumb ihr danach eine runterhaute, sagte sie nichts, sondern griff lediglich nach ihrem Schminkkästchen.

Auf ihrem milchigen Hintern konnte Krumb seine Fingerabdrücke sehen. Ihm wurde übel, und er ging weg, ohne weiter mit ihr gesprochen zu haben.

Seit Krumb Autos knackte, waren BMWs seine Spezialität. Für diese Marke hatte er etwas übrig. Bei über vierzig Autodiebstählen waren es an die zwanzig BMWs gewesen.

In einem himmelblauen BMW 2000 verließ er Mannheim Richtung Autobahn.

Der leise Pfeifton des Motors, mit dem er sich dem Wagen

vor ihm ankündigte, brachte Krumb in Laune. Er war, wie man so sagte, ganz vorne.

Eine Weile überlegte er, ob er nach Amsterdam durchfahren sollte. Aber er hatte nicht genug Geld zum Tanken. Statt dessen bog er Frankfurt-Süd ab, kurvte durch Sachsenhausen. Und da er sich hier nicht gut auskannte, hockte er sich in die nächstbeste Disco.

Allerdings ohne seinen BMW war Krumb nur noch die Hälfte wert. Er schwitzte unter den Armen. Er kaute auffällig auf seiner Unterlippe herum und starrte auf die Tür. Ihm fehlte die Ruhe, um in der Disco zu sitzen. Es zog ihn zurück in dem BMW, in dessen Handschuhfach er nicht nur Geld, sondern auch einen Zweitschlüssel gefunden hatte.

Ist hier noch frei?

Von mir aus, sagte Krumb.

Das Mädchen roch nach Seife und sagte nach kurzer Zeit, daß es Margot hieße.

Als Krumb nichts erwiderte, wurde sie rot. Das gefiel ihm. Er beugte sich über den Tisch und besah ihr ungeschminktes Gesicht.

Das war eine, die nicht oft in eine Disco ging.

Er überlegte sich, ob so etwas Braves jetzt nicht ganz gut für ihn wäre. Keine dummen Fragen, von Tuten und Blasen keine Ahnung – ein Mädchen zum ausruhen.

Vielleicht hatte sie sogar Geld.

Ich heiße Krumb, hinten mit b.

Margot lächelte.

Willst du etwas trinken?

Ja! Denkend nahm sie die von ihm bestellte Cola an, und Krumb zeigte abermals Durchblick. Das Mädchen da quatschte auch ohne Alkohol.

Eine halbe Stunde später wußte er genug, um seinen Plan, nach Amsterdam zu fahren, vorerst nicht zu verwirklichen.

Margots Vater war vor Jahren einem Verkehrsunfall zum Opfer gefallen und die Mutter machte nach langer Zeit, wie sie selbst sagte, richtig Urlaub und ließ erstmals die achtzehnjährige Tochter allein. Und Krumb erfuhr weiter, daß sich die Mutter ganz und gar auf die gute Erziehung verließ, die sie der Tochter hatte angedeihen lassen, und deshalb sorglos ins Kleine Walsertal gereist war.

Krumb konnte jetzt dem kleinen Seifengeruch, der hin und wieder von Margot herüberwehte, direkt etwas abgewinnen.

In die Disco hier, sagte er vorsichtig, gehst du wohl sonst nicht?

Nein, meine Mutter sieht es nicht gern!

Krumb zeigte für die Gefühle der Mutter wie der Tochter gleichermaßen Verständnis. Das erleichterte Margot das Reden.

Schließlich bin ich achtzehn, sagte sie.

Krumb nickte. Und daß du was erleben willst, dachte er, sieht ein Blinder. Er wußte jetzt ziemlich genau, daß er es ihr besorgen würde.

Du mußt eben versuchen, sagte er so sanft wie möglich, deine Entscheidungen selbst zu treffen!

Vielleicht, sagte Margot munter, vielleicht hast du recht, manchmal ist man richtig blöd!

Den Rest konnte sich Krumb selbst denken. Wie zufällig holte er den Zweitschlüssel aus der Tasche, begann damit zu spielen und schwieg.

In solchen Situationen war es immer am besten, den Mund zu halten.

Hast du ein Auto?

Sicher habe ich ein Auto, sagte Krumb und erzählte irgendeine Story. Sie war nicht sehr gut, genügte aber.

Während er mit ihr tanzte, verlor sich der kleine Seifenduft immer mehr und machte ihrem Körpergeruch Platz.

Krumb war das keineswegs unangenehm, und als sie sagte, daß sie gehen müsse, fuhr er sie nach Hause.

Die sanfte Glätte des Leders unter ihren Schenkeln brachte Margot durcheinander. Krumb nahm ihren schnellen Atem wahr.

Ich bin noch nie in so einem tollen Auto gefahren, sagte sie.

Krumb legte seine Hand auf Margots Knie und sagte, daß alles auf der Welt davon abhing, ob man sich für etwas allein entscheiden könne oder nicht.

Ja, flüsterte Margot.

Reglos, vielleicht ein bißchen steif saß sie neben ihm und hatte auch nach der dritten Kreuzung immer noch seine Hand zwischen ihren Beinen.

Komm rein, sagte Margot und zog ihn hinter sich her in eine Zweizimmerwohnung. Krumb hatte noch nie eine so saubere Wohnung gesehen. Er blieb auf der Stelle stehen und sah sich um.

Setz dich, sagte Margot, aber er wußte nicht wohin. Alles schien hier geregelt und geordnet, die Kissen auf den Stühlen, die Häkeldecke, das Bild des Verstorbenen auf dem Fernseher, ein Werbekalender und selbst der kleine Blumenstrauß auf dem Nierentisch wirkte auf Krumb eher staubfrei als farbig.

Entschuldige, sagte Margot, es ist nicht sehr aufgeräumt! Dabei wischte sie mit einer komischen Handbewegung nicht vorhandene Fusseln von einem Kissen.

Krumb mußte an Monis verdunkelten Saustall denken. Vor allem an ihr stets angeschmutztes Nylonhemdchen, in dem sie Tag und Nacht herumkroch. Er dachte an ihren festen Hintern und an ihre superblonden Haare zwischen den Beinen, über die sie nie ein Höschen zog, weil sie, wie Krumb glaubte, so schneller hinlangen konnte.

Krumb hatte bei Moni noch nie etwas erreichen können, was sie mehr als sie selbst beeindruckt hätte.

Hier aber würde er andere Seiten aufziehen.

Margot stand in der Tür zum Schlafzimmer. Krumb sah ihre Verlegenheit.

So nutzlos wie sie vorhin irgendwelche Fusseln wegwischen wollte, umrundete sie jetzt das elterliche Ehebett.

Und während sie an den über Eck liegenden Paradekissen zupfte, sagte sie, daß sie seit dem Tod ihres Vaters neben ihrer Mutter schlief.

Was denn, fragte Krumb, du pennst Nacht für Nacht neben deiner Mutter?

Krumb schöpfte Luft.

Dann ist es Zeit, sagte er, daß das geändert wird.

Margot setzte sich auf eines der sorgfältig gemachten Betten und in eines der Paradekissen fuhr ein Knick. Das veränderte das Bild.

Zieh dich aus, sagte Krumb.

Ich dachte . . .

Du sollst dich ausziehen!

Margot parierte, zog sich aus und stand splitternackt vor Krumb. Sie zitterte, und ihre auseinanderstehenden, für Krumb etwas zu rosigen Brustspitzen bibberten wie frischgemachter Pudding.

Krumb spürte seine Erregung. Gleich würde er sich dieses Mädchen da auf den Paradekissen ihrer Mutter und des verstorbenen Vaters vornehmen. Er würde so in sie hineinlangen, daß ihr für immer der Wunsch verging, im Bett neben ihrer Alten zu liegen.

Krumb ließ die Hosen herunter.

Na, sagte er, ist das was? Margot konnte nicht aufhören, Krumbs Glied zu betrachten.

Los, sagte er und warf Margot quer übers Ehebett.

Nicht einmal den seidengesteppten Überwurf verschonte er. Er klappte Margots Schenkel einfach auf. Er zwängte sich wie in eine Drehtür in sie hinein.

Er fluchte und sagte, daß sie ein verdammt trocknes Loch hätte, ließ sich aber trotzdem nicht abhalten. Schließlich hatte er sich von Anfang an vorgenommen, Margot anständig durchzuziehen.

So hörte er auch ihre kleinen Rufe nicht. Er zeigte sich ungeheuer beschäftigt, stöhnte, schwitzte und fuhr ohne Zärtlichkeit in ihr hin und her, bis er laut zu brüllen begann.

Fertig – Stille. Auf dem seidengesteppten Überwurf blieb Krumbs verschmierter Samen übrig.

Er konnte nicht denken, sah nur den Fleck auf der grünseidenen Decke und wußte nicht recht, ob er jetzt die Paradekissen, Margot oder vielleicht deren Mutter in der Mache gehabt hatte.

Scheiße, sagte Krumb, während Margot ihr Nachthemd aus dem Schrank holte. Sie zog die seidengesteppte Decke vom Bett und streckte sich neben Krumb auf dem Laken der Mutter aus.

Krumb konnte weder reden noch schlafen.

Wenn du mich nicht auslachst, flüsterte Margot, möchte ich dir was sagen!

Ich lach nicht!

Bevor ich einschlafe, bete ich immer für mich, und heute bete ich für dich!

Darauf faltete sie tatsächlich die Hände über ihrer Brust, schloß die Augen und wisperte etwas vor sich hin.

Das dauerte eine Weile.

Krumb rührte sich zwischen seinen Kissen nicht. Er sah ihrem Gebet zu und glaubte, daß er verrückt werden müßte.

Hör auf, sagte er.

Und Margot parierte abermals, umarmte ihn fürsorglich und wünschte ihm eine gute Nacht.

Am nächsten Morgen ging sie pünktlich zur Arbeit und vergaß nicht, vorher für Krumb Kaffee zu kochen und Brötchen zu holen.

In der folgenden Woche änderte sich für Krumb kaum etwas. Er wohnte bei Margot und verließ selten das Haus. Tag für Tag nahm er mehr von der Wohnung Besitz. Er nistete sich darin ein und lernte, mit ihr umzugehen. Er vergaß seinen BMW, schlief viel oder las Zeitung. Er aß, was Margot ihm am Abend zuvor gekocht hatte, und wenn sie heim kam, sahen sie nach dem Abendbrot fern, redeten wenig, waren sich einig und hatten einander nicht viel zu fragen.

Erst später auf der Seidengesteppten ging es hoch her. Krumb nahm immer noch keine Rücksicht. Manchmal ließ er ihr nicht einmal Zeit, sich auszuziehen. Er warf sich auf sie, stieß in sie hinein, rührte in ihr herum und fing jedesmal am Ende an zu brüllen, während sie es nicht lassen konnte, vor dem Einschlafen für ihn zu beten. Am Morgen der Kaffee und die Brötchen.

Erst die Rückkunft der Mutter brachte die Geschichte ins Wanken. Sie stellte ihren Koffer in die Stube, zerstörte Krumbs neu erworbene Redlichkeit und trieb ihn zurück auf die Straße.

Ab jetzt waren die Paradekissen für ihn gestrichen. Er mußte im Auto schlafen. Wie die Tochter glaubte auch die Mutter Krumbs spärliche Story und konnte ihrerseits seinen himmelblauen BMW nicht genug bewundern.

Das half Krumb. Er nahm noch einige Tage in Kauf, log, aß, trank und streckte seine Füße unter die Tische der Frauen.

So dauerte es einige Tage, bis sich die Sache für Krumb mit einem Schlag änderte.

Es war auf dem Friedhof – aller Heiligen – das Volksfest der Begrabenen. Ein Kranz zeigts dem anderen. Die Gärtner machten ein ausgezeichnetes Geschäft.

Margot trug schwarze Strümpfe und sah darin komisch aus. Die Mutter hatte Krumb gebeten, sie und die Tochter mit dem BMW auf den Friedhof zu fahren.

Krumb fuhr.

Die Nachbarn sahen zu. Mit Gießkanne, Schippchen und Mooskranz im Kofferraum, schaukelte er sanft die Hinterbliebenen zum Grab.

Er parkte den BMW vor der Einfahrt, und die Frau des Verblichenen vom Grab nebenan sagte laut, guck mal da!

Die Mutter las Herbstlaub vom Hügel und seufzte, während Margot sittsam und sinnlos daneben stand.

Krumb schleppte den Mooskranz heran, legte ihn, wie gewünscht, auf das Kopfende der Totenstätte und dachte im Stillen, daß sich das Paradekissen hier auch nicht schlecht ausmachen würde.

Ich glaube, sagte die Mutter, im Sinne meines Mannes zu sprechen, wenn ich hier ehrlich zugebe, wie sehr ich mich über Ihre Freundschaft mit unserer Margot freue!

Freuen? Krumb sieht zwischen Mutter und Tochter über den Friedhof hinweg.

Irgendwo liegt Amsterdam, das hatte er ja ganz vergessen.

Wissen Sie, sagte die Mutter und las weitere Blätter vom Grab, einmal muß man sich für sich selbst entscheiden!

Ja, fiel die Tochter ein und fummelte ebenfalls zwischen den Erdkrumen herum.

So redeten sie beide zwischen Freundschaft, Entscheidung, dem Verstorbenen und der Zukunft hin und her, die Köpfe dem Erdboden nahe mit steil aufwärts gereckten Hinterteilen und merkten nicht, wie Krumb sich auf leisen Sohlen davonmachte.

Auf der Hauptpost brauchte Krumb eine reichliche Stunde, bis er erfuhr, daß weder Name, Straße noch Telefonnummer in Amsterdam der Wahrheit entsprachen.

Den Mann gab es nicht, der Schänzer hatte Krumb gelinkt, darüber mußte er sich klar werden, ob er wollte oder nicht.

Er wollte nicht. Er wehrte sich, so gut er konnte, gegen die

Angst, ohne Papiere und Geld davonzukommen. Er brachte es tatsächlich fertig, nicht weiter nachzudenken.

Er fuhr den Tank des BMW leer, stieg auf einen Mercedes um und setzte sich wieder Richtung Mannheim in Bewegung.

Es war ein grauer, glitschiger Tag, von dem ihm nichts im Gedächtnis hängen bleiben würde, das wußte er.

Krumb fuhr schnell und sicher. Er fühlte sich wohl, und er pfiff einen Teil der Strecke laut vor sich hin.

Monis Zimmer war immer noch in dem gleichen Zustand: dunkel, schmutzig und stickig. Ihr Hemdchen war noch schmuddeliger, und es kam Krumb so vor, als wenn sie ihre Beine mehr denn je spreizen könnte.

Die Bullen waren hier, näselte sie, als er hereinkam.

Und?

Nichts, sagte Moni, ich habe nichts gesagt, was weiß ich denn von dir?

Krumb kaute auf seiner Unterlippe herum.

Du wirst mich gleich kennenlernen! sagte er.

Moni kicherte. Wie denn, näselte sie amüsiert.

Es roch unheimlich stark nach ihr.

Krumb mußte seine Hose öffnen, weil er den Druck nicht mehr aushielt.

Moni legte sich blitzschnell auf die Matratze. Einen Augenblick dachte er schon, daß es jetzt alles seine Richtigkeit mit ihr haben würde. Aber sie kicherte nur wieder und schüttelte den Kopf. Du darfst nur hinsehen, mehr ist bei mir nicht drin!

Krumb stürzte sich zwischen ihre Beine. Er hielt sein Glied fest und sah ihr zu, immer sah er ihr nur zu.

Er merkte, daß er heulen mußte. Und weil er sich deshalb so schämte, ließ er sich vorneüber mit dem Gesicht auf ihre Hände über ihr kleines stinkendes Loch fallen.

Das tat ihr weh. Sie stieß Krumb wütend mit dem Fuß beiseite und sagte, daß er ihr allen Spaß verdorben hätte.

Blind vor Tränen wußte er nicht genau, nach was er eigentlich griff. Er hatte plötzlich etwas in der Hand und schlug es Moni über den Kopf. Später stellte er fest, daß es eine halbleere Sprudelflasche gewesen war.

Moni kicherte nicht mehr und hielt auch endlich ihre Hände ruhig. Eigentlich wollte Krumb sie jetzt durchziehen, aber es wurde ihm vorher schlecht. Sein Erbrochenes mischte sich mit dem Sprudelwasser auf Monis stillem Gesicht.

Ohne Hast zog er sich an. In ihrer Handtasche fand er zehn Mark, die für das Benzin langten, um nach Frankfurt zurückzufahren. Im Auto würde er sich überlegen, was zu erzählen notwendig war, um Margot und deren Mutter zu beruhigen.

Auf halber Strecke mußte Krumb sein Wasser abschlagen, und weil er wegen des geklauten Wagens nicht auf einem Parkplatz halten wollte, fuhr er eine Nebenabfahrt hinunter und bog von dort in einen Feldweg ein.

Aber gerade das fiel den Polizisten eines Streifenwagens auf.

Krumb konnte zwar noch ein paar hundert Meter weit mit dem Wagen fahren, ließ ihn aber dann im Acker stehen und rannte zu Fuß davon. Aber auch das lohnte sich nicht recht. Die Polizisten holten über Funk Verstärkung und setzten gegen Abend Hunde ein, die Krumb in einer Brombeerhecke stellten und vor denen er sich sehr fürchtete.

Noch im Polizeiwagen hatte Krumb vorgehabt, dem Schänzer anständig die Fresse zu polieren. Er hätte auch dafür seine fünf Tage Bunker eingesteckt.

Aber als er wieder einfuhr und sich Tag für Tag und Nacht für Nacht die klinkenlose Zellentür hinter ihm schloß, vergaß er es irgendwie.

Zum Zeichen seiner Einsicht schrieb er schließlich an Margot einen Brief mit seiner ganzen Lebensgeschichte.

Die Antwort war kurz, und Krumb nagelte sie für jedermann lesbar über sein Bett:

Lieber Krumb, ich habe alles mit meiner Mutter besprochen. Wir hätten nicht gedacht, daß Du uns so belügen würdest. Natürlich bin ich sehr enttäuscht von Dir, aber ich möchte Dir noch mitteilen, daß meine Mutter und ich Dir alles verziehen haben.

Trotzdem möchte ich Dich herzlich bitten, mir nicht mehr zu schreiben. Margot.

Zwölf Fragen über Schiebel

Frage an den Hamburger: Was weißt du von Schiebel?

Nichts. Frag ihn doch selbst. Was ist denn mit dem?
Im Knast.

Auch gut. Hat nie einen Bruch gemacht, aber immer besoffen Auto gefahren. Einmal hab ich mit dem in einer Schüssel gesessen – da sind wir nachts durch Mannheim, und mein Schiebel, willst du glauben oder nicht, stellt doch die Karre mit hundert Sachen in der Möhlstraße auf den Kopf. Wir raus und ab. Ja, der Schiebel!

Unfall mit Fahrerflucht, was?

Nein, er hat einen umgelegt!

Was denn! Der Schiebel hat einen hingemacht?

Mann, das bringt dem zehn Jahre – ich möchte nicht in seiner Haut stecken!

Der Hamburger trinkt zügig sein Bier aus und verläßt den Tisch. Den Vorschlag, Schiebel zu besuchen, lehnt er entschieden ab. Hingegen läßt er ihn herzlich grüßen. Nähere Angaben über Schiebels Straftat interessieren den Hamburger nicht, da er, wie er sagt, im Augenblick leider keine Zeit hat.

Frage an Josef: Was weißt du von Schiebel?

Ich? Vom Schiebel? Da ist nicht viel zu erzählen, der redet nicht gern. Wenn der nicht gerade seine Halbe im Bauch hat, sitzt der nur da und starrt vor sich hin. Was kannst du von so einem schon groß wissen! Zu Hause ist er rausgeflogen, das hat er mir mal erzählt, vielleicht weil ich selbst zu Hause rausgeflogen bin. Er ist auf seinen Alten los, weil der die Mutter verdroschen hat, so sagte der Schiebel, meinte aber im selben Atemzug, daß er von seiner Mutter nichts hielt. Ist eben jähzornig, der Schiebel.

Frage an Schiebels Mutter: Was wissen Sie von ihrem Sohn?

Du lieber Gott, das ist eine Frage! Mehr als genug weiß ich! Kein Mensch fragt, wie ich damit fertig werde, kein Mensch! Tag und Nacht geht es mir durch den Kopf, mit was ich das verdient hab, daß ausgerechnet mein Sohn ein Mörder ist.

Besuchen Sie ihn?

Ich ihn besuchen? Nein, liebe Frau, da muß erst Gras drüber wachsen. Mein Mann meint, wir sollten uns von dem Jungen lossagen, aber als Mutter denkt man da anders, das verstehen Sie ja sicher!

Nur, besuchen – das mach ich nicht – soll er denn noch Belohnung bekommen?

Frage an Moni: Was weißt du von Schiebel?

Daß er einen Spanier umgelegt hat. Warum, weiß ich nicht. War eben so!

Ich denk immer, wie der Schiebel das gemacht hat – einfach so auf jemanden schießen. Manchmal bringt der Schiebel Hämmer, die gibts gar nicht.

Hat mal bei mir einen Trip geschluckt, von Maiermann, so zum ausprobieren.

Also Schiebel schluckt und sagt doch glatt eine Stunde später, daß er in sein Auge gekrochen sei und jetzt der liebe Gott wäre.

Er säße da drin und sähe alles vorne, hinten, oben und unten. Ab jetzt, hat dann der Schiebel gesagt, würde ihm keiner entgehen!

Frage an einen Gastarbeiter: Was wissen Sie von Schiebel?

Schiebel nix gut. Schiebel immer sagen: Wenn du nix kannst Schnauze aufmachen und sprechen, du kriegen in die Fresse! Schiebel immer Streit – Schiebel immer schlagen – Schiebel nix gut für Ausländer – Schiebel Mörder!

Mehr will der Gastarbeiter über Schiebel nicht sagen. Offensichtlich ist ihm die Situation besonders unangenehm, denn er geht bei der nächstbesten Gelegenheit grußlos davon.

Frage an Schiebels Bewährungshelfer: Was wissen Sie von Schiebel?

Unter uns gesagt, ich weiß kaum mehr, als in den Akten steht. Er wurde wegen Fahrens ohne Führerschein, Fahrerflucht und Körperverletzung unter Alkoholeinfluß zu einer Haftstrafe mit Bewährung verurteilt.

Seine Familienverhältnisse sind nicht gerade geordnet. Er wohnt inzwischen bei der Großmutter und verdient sein Geld nach zwei abgebrochenen Lehren als Stapelfahrer.

Er ist auffallend verschlossen, fast gehemmt, möchte ich sagen. Dafür spricht auch, daß er mich bisher nur auf schriftliche Aufforderungen hin in meiner Sprechstunde aufsucht.

Er gehört zu den Probanden, für die man jeden Tag seine Zeit haben müßte. Aber wie soll man das bei vierzig bis achtzig Leuten, die ich allein zu betreuen habe, bewerkstelligen?

Nein – wenn ich ehrlich sein soll – ich weiß eigentlich nichts von Schiebel.

Frage an Fietscher: Was weißt du von Schiebel?

Er wollte wie ich Matrose werden. Wir haben uns das zusammen ausgedacht. Der Schiebel hat immer gesagt, wer aufs Wasser sieht, braucht nicht zu reden.

Stundenlang konnte der am Neckar sitzen. Dem gings nämlich nicht ums Fortfahren, dem gings ums Wasser – rund um sich herum wollte der Wasser.

Natürlich durfte der Schiebel auch nicht zur Schiffahrt. Er hat irgendeine Lehre angefangen.

Wir haben uns danach immer seltner getroffen. Ich wußte auch nicht mehr so recht, über was ich mit dem Schiebel reden sollte, und wenn er besoffen war, hat er mich ziemlich angeödet. Ehrlich – ich hab eigentlich für den Schiebel nicht mehr so viel übrig.

Frage an Zopper: Was weißt du von Schiebel?

Der hat im Suff einen abgeknallt und jetzt hängt er in der Kiste!

Du warst doch dabei!

Na und? Was kann ich dafür, wenn der Schiebel einen umlegt, da waren viele dabei. Warum fragst du mich? Frag die anderen!

Die anderen kennen Schiebel nicht.

Wer kennt denn den Schiebel überhaupt? Als wenn das wichtig wäre – unsereins kennt niemanden. Meinst du vielleicht, Schiebel hat sich für andere interessiert? Mit dem konntest du sowieso nur was losmachen, wenn er einen im Tee hatte. Sonst war der zu nichts zu gebrauchen. Immer stumm und ewig am Grinsen. Dem hab ich lieber ein paar Halbe spendiert, als daß ich mir den ganzen Abend die Grinse ansehen mußte.

Aber wenn er genug Promille im Bauch hatte, legte er los. Das Ganze hat ja viel früher angefangen. War auf der Herbstmesse – da haben der Schiebel und ich einen draufgemacht, und wie ein paar Ausländer an unseren Tisch gekommen sind, war der Schiebel schon am Luftschnappen.

Ist aber nichts passiert, bis so ein Itaker dem Schiebel das Bier umschmeißt. Aus Versehen, hat der gesagt und dem Schiebel gleich ein neues bestellt. Da konnte der Schiebel nichts machen!

Aber eine halbe Stunde später schmeißt der Itaker dem Schiebel wieder das Bier um und wieder aus Versehen.

Ganz blaß ist der Itaker geworden, ehrlich ganz blaß und hat mit den Händen gefuchtelt, daß ich richtig lachen mußte.

Aber nicht der Schiebel. Der auf und schlägt dem Itaker eins rein, daß es gleich Zähne geschneit hat. Mann, hat das gekracht. So hab ich den Schiebel noch nie erlebt, und ich muß sagen, er hat mir imponiert. Als er dann gesehen hat, wieviel Ausländer aufgestanden und auf ihn los wollten, sind wir beide abgezischt.

Von dem Tag an war der Schiebel wie ausgewechselt. Ewig schleppte er seine 6 mm-Pistole mit sich herum.

Ich hab noch gesagt, Schiebel, das hat keinen Zweck, da mußt du schon mit einem anderen Kaliber auffahren.

Aber Schiebel hat ja nie auf einen gehört – nie!

Wenn du mich fragst, hat der eine unheimliche Angst vor Ausländern. Immer hat er gefragt, ob ich mit ihm geh. Das verrückte war nur, daß er dann ausgerechnet in die Kneipen wollte, in denen das Gesindel rumflippte.

In so einer Kneipe haben sie Schiebel dann auch wiedererkannt und sind zu zehnt auf ihn los.

Die haben eigentlich nichts gemacht, sind nur auf Schiebel zugegangen – ganz langsam – sah wirklich toll aus.

Ich hab mich ziemlich bald verpißt, war nämlich keinerlei Chance da.

Schiebel hat auch die Mücke gemacht, aber nicht schnell genug, war auch schon wieder besoffen.

Sie sind ihm nach über die Straße – ohne Worte – nur die Schritte – wie im Stummfilm.

Und da hat der Schiebel durchgedreht, hat geschossen, erst

einen Jugoslawen in den Arm und dann den Spanier mittenrein ins Herz.

Du mußt doch zugeben, daß der Schiebel blöd ist, mit einer 6mm-Pistole mit nur zwei Schuß auf zehn Ausländer zu schießen. Selbst wenn er den ersten auch umgelegt hätte, wären immer noch acht übrig geblieben, egal ob als Gegner oder als Zeuge. Für mich ist der Schiebel ein ausgemachter Idiot.

Frage an Schiebels Großmutter: Was wissen Sie von Schiebel?

Und wenn's keiner glaubt, er ist ein guter Junge. Ich gehe ihn jede Woche besuchen. Seine Mutter ist ja keine Mutter nicht! Als er noch klein war, hatte sie schon nichts übrig für ihn. Immer hat sie mit dem Kind rumgeschrien, er soll richtig sprechen und nicht so nuscheln. Die Leute müßten ja sonst denken, sie hätte einen verblödeten Sohn.

Das hat sich dann später gelegt, und er ist mit der Zeit sowieso wortkarg geworden. Da fiel es weiter nicht auf. Kein Mensch weiß, was in den Buben gefahren ist . . .

Die Großmutter beginnt zu weinen und macht dadurch die Fortführung des Gespräches über Schiebel unmöglich. Sie bittet unter Tränen immer wieder darum, doch ein gutes Wort für Schiebel bei dem Staatsanwalt einzulegen. Unkosten will sie gerne erstatten.

Frage an den Staatsanwalt: Was wissen Sie von Schiebel?

So lange das Ermittlungsverfahren läuft und bevor ein rechtkräftiges Urteil ausgesprochen wurde, sehe ich mich nicht in der Lage, weder zu der Person noch zu der vorgeworfenen Straftat Stellung zu nehmen.

Frage an Littel: Was weißt du von Schiebel?

Schiebel redet nicht gern mit mir. Er sagt immer, ich soll mein Stottermaul halten, sonst schlägt er mir drauf, und ich könnt froh sein, daß ich kein Ausländerschwein sei.

Ich lieg jetzt schon vier Wochen mit Schiebel auf der Zelle. Wenn der Himmel blau ist, guckt er aus dem Fenster und sagt: sieht aus wie Wasser.

Letzten Sonntag war Schiebel guter Laune. Wir haben Karten gespielt. Da hab ich gefragt: Schiebel, wie ist denn das so, wenn man einen hingemacht hat? Mußt du an den denken – ich meine, ob der Familie gehabt hat und so?

Da ist der Schiebel auf mich los und hat gebrüllt, an einen, der nicht mal richtig reden kann, würde er keinen Gedanken verschwenden. Die Nacht drauf hat der Schiebel sehr schlecht geschlafen, ich habs gemerkt, hab aber lieber den Mund gehalten.

Ist ja schließlich auch egal!

Frage an Schiebel: Was weißt Du von Dir?

Ich – nichts! Ich denk immer nur, mich gibts gar nicht!

Nacherzählung

Albert Krapp, wurde am 10. 6. 52 in Mannheim, als uneheliches Kind geboren. Die Mutter, bei der Geburt fünfzehn Jahre alt, befand sich in ihrer Kindheit und Jugend in mehreren Pflegestellen und kam später im Rahmen der Fürsorge in Heimerziehung.

Nach Feststellung der Schwangerschaft wurde sie im Heim wie folgt beurteilt:

Ihre Intelligenz ist weit unter dem Durchschnitt, wenig differenziert, vorwiegend praktisch ausgerichtet. Sie beobachtet schlecht, oberflächlich und flüchtig, hat weder eigenes Urteil noch Kritik sich selbst oder anderen gegenüber.

Auf Grund ihrer geringen Intelligenz ist sie stark suggestibel, ihr Gefühlsleben ist recht labil und ungeordnet. Folglich ist sowohl ihre intellektuelle, sowie ihre soziale Anpassung gering. Ihre Triebhaftigkeit ist enorm, eine Steuerung von ihrer Seite kaum möglich und von ihr auch nicht beabsichtigt.

Aus Alberts Gerichtsakten:

Die Kindsmutter ist bereits mehrmals wegen Landstreicherei und Unterhaltspflichtverletzung vorbestraft. Sie scheint ein ziemlich haltloses Leben geführt zu haben und wechselt häufig ihre Arbeitsstellen.

Ihre erste Ehe wurde geschieden, aus der zweiten stammen zwei Kinder. Der Mann starb vor drei Jahren an Alkoholsucht.

Der leibliche Vater des jugendlichen Albert Krapp wurde trotz zahlreicher Klagen und umfangreichen Ermittlungen nicht festgestellt.

Mit drei Jahren wurde Albert in das Kreiskinderheim aufgenommen. Dort wurde er wie folgt beurteilt:

Der Junge ist körperlich und vor allem geistig nicht seinem

Alter entsprechend. Der Gesundheitszustand ist gut; Albert ist noch Bettnässer. Geistig ist er ziemlich unter der Norm, er spricht kaum, und nur unter Kindern und unbeobachtet geht er aus sich heraus. Der Junge hat keinerlei Initiative, läßt sich gut leiten, ist anhänglich und dankbar für ein gutes Wort.

Unseres Erachtens kann er nur in einer einfachen Familie untergebracht werden, die viel Geduld mit dem Kind hat, wenn nicht das Bettnässen und gelegentliche Einkoten ein Hinderungsgrund wären.

Das gleiche Heim berichtet über den Vierjährigen:
... er ist für sein Alter noch etwas klein und zart. Mit geringen Ausnahmen ist Albert dauernd Bettnässer. Albert spricht kaum, und was er spricht, versteht man nicht.

Er kennt wohl die Dinge und Menschen, die ihn umgeben, und er macht auch, gewohnheitsmäßig, den Tagesablauf mit anderen Kindern mit, aber zu mehr reicht es nicht.

Zu besonderen Spielen, Beschäftigungen oder Liedern ist der Junge nicht fähig.

Er spielt wohl frei mit Bausteinen und dergleichen, aber alles muß er kaputt machen. Er hat einen ausgesprochenen Tätigkeitsdrang, aber nur nach dem Negativen.

Man könnte das Kind nie allein lassen.

Äußerlich macht Albert einen netten Eindruck, aber er ist nicht gut veranlagt, leicht beleidigt und bockig, und nur mit Strenge kann man etwas bei ihm erreichen, da er nicht fähig ist, mehr zu erfassen, als die primitivsten Dinge.

Das Kind ist eine große Belastung für unser Heim, es wird erwogen, ihn in ein Heim für geistig zurückgebliebene Kinder verlegen zu lassen.

Zehn Monate später:
... unseres Erachtens wird der Junge mit zunehmendem Alter schwieriger. Eine normale geistige Entwicklung ist unter kei-

nen Umständen zu erwarten, so daß Albert am besten in einem Heim für schwachsinnige Kinder untergebracht wäre.

Falls er nicht in die Nähe seiner Mutter verlegt werden kann, sollte veranlaßt werden, daß Albert über das staatliche Gesundheitsamt auf seinen Geisteszustand untersucht wird.

Mit fünf Jahren wird Albert aus dem Heim entlassen und zu seiner Großmutter gebracht.

Vier Monate später stellt der katholische Fürsorgeverein fest, daß Albert nicht mehr bei seiner Großmutter ist, sondern von dieser nunmehr an die leibliche Mutter weitergegeben wurde.

Inzwischen besucht Albert auch einen Kindergarten.

Der fünfjährige Albert

Die Familienfürsorge berichtet:
Die Kindsmutter selbst ist als Vormund völlig ungeeignet. Soviel hier jetzt nach kurzer Zeit beurteilt werden kann, wird das Kind von Kindsmutter und Stiefvater recht lieblos behandelt.

Albert erinnert sich:
... einmal gab es Pudding, der hat mir sehr gut geschmeckt. Ich glaube, es war Himbeerpudding! Mein Stiefvater hatte nicht viel übrig für mich. Er nannte mich immer Krapp – nie Albert!

Der sechsjährige Albert

Die Familienfürsorge berichtet:
Albert Krapp, der sich in dem Haushalt der Kindsmutter und des Stiefvaters befindet, wird laufend von dem Unterzeichneten überwacht. Es haben sich schon viele Schwierigkeiten ergeben.
Albert ist ein schwieriges Kind, über das von seiten der

Albert erinnert sich:
Sie sagten immer, daß ich froh sein könnte, bei ihnen wohnen zu dürfen. Aber bei denen war nichts zum Frohsein!
Ich konnte nie machen, was ich wollte. Sie schickten mich immer herum. Bier holen, einkaufen, auf die Kleinen aufpassen, Kohlen schleppen,

Angehörigen schon schwer geklagt wurde. Angeblich lügt er und ist nicht ehrlich.
Vor allem kann er kein Geld liegen sehen. Die Kindsmutter ist noch sehr jung und hat keine große Liebe zu dem Kind. Der Stiefvater hat schon viel geschimpft und will Albert aus dem Haus haben.
Auf den Vorschlag, den Jungen in einem Kinderheim unterzubringen, geht keiner der Angehörigen ein.
Einmal sind sie bereit, dann lehnen sie wieder eine Unterbringung entschieden ab. Wenn auch die Unterbringung im Augenblick nicht dringend ist, wird es wohl nicht ausbleiben, daß der Junge eines Tages zwangsweise untergebracht werden muß.

Wäsche aufhängen – und nie gab's was dafür.
Da hab ich mir's genommen.
Immer wenn ich Geld fand, hab ich mir's genommen.
Das machte mir großen Spaß!
Später sagte mein Stiefvater, der Krapp, der kommt mir aus dem Haus. Aber meine Mutter sagte, daß das nicht geht, weil es ihr mit der Arbeit allein zuviel würde.
Da ist alles beim alten geblieben.
Und wenn die von der Fürsorge kamen, logen meine Mutter und ich auf Teufel komm raus!
Mein Stiefvater sagte hingegen nichts!

Der siebenjährige Albert

Albert wird in einem Kinderheim untergebracht.
Obwohl er 7 Jahre in diesem Heim gewohnt hat, liegt kein Entwicklungsbericht vor.

Albert berichtet:
Mit 7 Jahren wurde ich wieder in ein Heim gesteckt und später in die Volksschule eingeliefert.
Im Heim ging es mir eigentlich sehr gut. Erst mit 12 Jahren bekam ich Schläge.
Einmal, als ich Geburtstag hatte, wollten wir am Abend alle zusammen feiern, denn es war

noch einer, der mit mir Geburtstag hatte. Als ich in der Hausaufgabenstunde nicht fertig wurde, erklärte die Erzieherin, wer nicht fertig sei, dürfte nicht mitfeiern.
Es waren vier Leute, die es nicht geschafft hatten. Darunter auch ich. Während die anderen meinen Geburtstag feierten, mußten wir um 19 Uhr ins Bett. Ich habe die ganze Nacht geheult. Später fing ich dann an, abzuhauen, aber sie haben mich immer wieder gekriegt.

Der fünfzehnjährige Albert

Albert wird in einem Sonderheim zur Schul- und Berufsausbildung entwicklungsgehemmter Jugendlicher aufgenommen.
Aus einem Bericht:
Albert hat für sein Alter eine normale Größe. Er ist etwas dick. Beim Essen muß er sehr zum Maßhalten ermahnt werden, da er nicht weiß, wann er genug hat. Auch ißt er sehr gierig.
Albert ist unehrlich. Er gibt nie zu, wenn er etwas angestellt hat. Seine Antwort auf eine Frage beginnt stets mit »nein«.
Albert macht oft eigenartige zuckende Bewegungen mit dem Kopf, Schultern und Armen. Unter seinen Kameraden hat

Albert berichtet:
Als ich damals von einem Herrn vom Jugendamt in dem Heim abgeliefert wurde, versprach man mir, daß ich Ausgang bekäme und alle 4 Wochen Besuch. Aber es wurden mir nur leere Versprechungen gemacht. An dem folgenden Sonntag wollte ich ausgehen, aber es wurde mir verboten.
In den zweieinhalb Jahren, in denen ich im Heim war, besuchte mich kein Mensch!
Auch das Jugendamt schrieb nie! Schon nach den ersten Wochen bekam ich beim Essen eine Ohrfeige, weil ich angeblich vor dem Beten geredet hatte.

er keine Freunde, doch ist er außerhalb der Gruppe mit unguten Buben befreundet. Albert ist an vielem interessiert. Er singt gern und gut und macht überall fröhlich mit.
An sich ist Albert sauber, doch muß er in seiner Kleidung noch ordentlicher werden. Bei häuslichen Arbeiten ist er unzuverlässig.
Dem Erzieher gegenüber ist Albert meist folgsam, doch nicht ehrlich. Albert hat etwas Kontakt zu seiner Großmutter, die ihm manchmal schreibt.
Seine Mutter kümmert sich nicht um ihn.

Ich war es aber nicht und sagte das. Darauf schlug mich die Erzieherin.
Ich wurde so wütend, daß ich ihr die Ohrfeige zurückgab.
Zur Strafe dafür kam ich 14 Tage in den Beruhigungsraum und mußte eintausendmal schreiben: Ich soll keine Frau schlagen!
Später gewöhnte ich mich irgendwie an alles – aber das war unheimlich schwer.
Immer spürte ich Wut in mir.
Und wenn ich allein war, packte sie mich erst recht.
Da habe ich mir Leute gesucht, die auch Wut hatten.
Doch die lachten mich aus und sagten »Zucker« zu mir, weil mir oftmals am Tag der Kopf und die Schultern zuckten.
Einmal stellte ich mich vor den Spiegel, um zu sehen, wie es in mir zuckt.
Ich muß zugeben, es sah ziemlich komisch aus. Von da an schämte ich mich vor den anderen, und ich blieb wieder mehr allein.

Der sechzehnjährige Albert

Das Heim berichtet:
... er ist sehr dick und muß beim Essen zum Aufhören ermahnt werden. Er ißt unmanierlich und gierig.

Albert berichtet:
Als ich wegen meinem Beruf getestet wurde, sagte der Doktor, daß ich für das Malerhandwerk geeignet sei. Daraufhin wurde

Albert ist Linkshänder. Er schreibt sogar links. Auffallend sind nach wie vor seine leicht zuckenden Bewegungen mit dem Kopf und Schulter.
Seine Intelligenzleistungen gehören zum Durchschnitt der Gruppe. Er ist jetzt bei einigen Kameraden im Haus beliebt und wird von den anderen nicht mehr abgelehnt. Schwächere nützt er leicht aus. In letzter Zeit hat er keine unguten Freundschaften mehr.
Albert ist zeitweilig faul. Im Herbst hat er ein Lösungsmittel getrunken, weil er krank sein wollte und seinen Kameraden imponieren wollte. Er mußte in eine Klinik gebracht werden. Seither ist er ehrlicher geworden und auch zuverlässiger. Dem Erzieher gegenüber ist er jetzt folgsam und willig. Häusliche Arbeiten macht er jedoch immer noch unwillig. Er drückt sich gern davor. Seine Hausaufgaben macht er selbständig und ordentlich.
In seiner Freizeit beschäftigt sich Albert häufig mit schriftlichen Arbeiten für seinen Beruf. Er interessiert sich für vieles. Er kann sich gut selbst beschäftigen. Er liest, singt und bastelt gern.
Albert ist sehr neugierig und

ich in die Malerwerkstatt gesteckt.
Aber das gefiel mir nicht. Das ewige Anstreichen machte mich ganz irre. Einmal träumte ich sogar, ich müßte den Himmel blau malen –
Am nächsten Tag drehte ich durch und weil mir nichts anderes einfiel, trank ich ein Lösungsmittel.
Alles in mir brannte, und ich schrie wie ein Schwein. Erst lachten die anderen, weil ich vor Schmerzen immerfort im Kreis herumtanzte, aber dann kam ich ins Krankenhaus.
Danach gab ich es auf, mich zu wehren. Ich habe mir gesagt, daß ich ja doch etwas lernen muß und daß es schließlich egal ist, was! Aber irgendwie hat das nicht hingehauen – ich hielt nicht durch.
Ich dachte mir, es ist besser, die Flatter zu machen, als im Heim Anstreicher zu werden.
Andere hauen schließlich auch ab.
Das ging natürlich nicht von heute auf morgen, aber ich nahm es mir vor.
Von dem Tag an kam ich mit meiner Wut besser zurecht, und mit der Zeit wurde ich immer besserer Laune.

sensationslüstern. Bei Spiel und Sport macht er begeistert mit und setzt sich sehr ein. Er ist überhaupt sehr begeisterungsfähig. Zur Sauberkeit und Ordnung muß er allerdings sehr angehalten werden.
Der Kontakt zu der Großmutter besteht so gut wie nicht mehr. Es kümmert sich niemand außerhalb des Heimes um ihn.

In der folgenden Zeit entwich Albert innerhalb eines Vierteljahres dreimal, kam aber jeweils von allein zurück.

Ein halbes Jahr später entwich Albert abermals und wurde in Darmstadt aufgegriffen. Hier soll er angegeben haben, daß er es nicht einsähe, in einem Heim zu lernen, während andere Jungen in einem Jugendheim nichts täten.

Der siebzehnjährige Albert

Das Heim berichtet:
Albert entwich erneut mit zwei seiner Kameraden aus dem Heim, nachdem sie zuvor innerhalb des Hauses eingebrochen und sich Geld beschafft hatten. Wegen dieser Vorfälle lehnt das Heim seine Wiederaufnahme ab. Es wird empfohlen, ihn in einem Nervenkrankenhaus aufzunehmen.

Albert berichtet:
Ich hatte mit dem Meister Krach, und weil ich frech wurde, bekam ich mit einem Bambusstock zehn über den Arsch!
Ich erklärte, daß ich nicht mehr bei ihm arbeiten wollte. Aber der Meister lachte mich nur aus. In der folgenden Nacht brachen zwei andere und ich in den Werkstätten ein und klauten dort Werkzeug. Anschließend brachen wir in der Pforte ein und klauten einen Generalschlüssel, um damit in das Wirtschaftsbüro zu kommen. Dort stahlen

Nach Einweisung in ein Nervenkrankenhaus wird Alberts Zustandsbild wie folgt beschrieben:
Bei der Aufnahme bewußtseinsklar, gut zugewandt und in allen Qualitäten ausreichend orientiert. Die Stimmungslage entspricht der Situation. Der Junge erzählt mit Bereitschaft seine Vorgeschichte. Sein Intelligenzniveau entspricht der unteren Grenze der Norm. Ansonsten liegen zum Zeitpunkt der Untersuchung keine formalen oder inhaltlichen Störungen vor.
Wahrnehmungsstörungen sind ebenfalls nicht zu eruieren.
Er verhält sich zum Teil selbstkritisch. Eine Selbstmordgefahr besteht im Augenblick nicht.
Bis heute hat sich der Patient recht ruhig, freundlich und psychisch unauffällig verhalten.
Er folgt allen Anordnungen des Personals und macht keine Schwierigkeiten auf der Station. Appetit und Schlaf sind ausreichend.

Aus einem Bericht:
Vor der Verhandlung wird vom

wir dreihundert Mark. Als wir nichts mehr fanden, gingen wir stiften. Leider wurden wir ziemlich schnell geschnappt!

Albert berichtet:
Zuerst wurde ich in das Haus II gelegt. Hier waren die hoffnungslosesten Patienten untergebracht. Das heißt solche Menschen, die geistig so gestört waren, daß alles keinen Sinn mehr für sie hatte.
Ich wurde körperlich untersucht und blieb zwei Wochen im Haus II. Dann wurde ich in Haus V verlegt. Dort waren nur die, die ein Verbrechen begangen hatten.
Zum Beispiel Raubüberfall, Bankraub, Mord und Vergewaltigung. Alles Leute, die wegen wiederholter Straftaten Sicherheitsverwahrung bekommen hatten.
Meine Arbeit bestand aus: Toiletten saubermachen, den Waschraum putzen und Betten beziehen.

Mehr wußte Albert aus Haus V nicht zu berichten. Er sagte, er hätte alles vergessen, weil es sowieso nicht wichtig gewesen wäre.

Albert berichtet:
Bei der Verhandlung bekam ich

psychologischen Dienst des zuständigen Arbeitsamtes ein Gutachten erstellt, in dem dringend geraten wird, Albert abermalig in einer Sonderberufsschule unterzubringen, da durch eine weitere Hospitalisierung praktische Erfahrungsdefizite entstehen könnten, die seine augenblickliche Unselbständigkeit nur verstärken, und somit in einer späteren freieren Lebensführung bei den aufgezeigten persönlichen Mängeln mit Sicherheit in Bälde ein totaler Abbau erfolge.

eine Verwarnung.
Der Gutachter sagte, daß ich keinerlei Krankheiten hätte, nur eben einen Freiheitstrip.
Auf die Frage, was mit mir geschehen solle, antwortete man, daß ich wieder nach Mannheim käme.

Entgegen den Bedenken des Gutachters blieb Albert weiterhin im Nervenkrankenhaus. Allem Anschein nach wurde kein Heimplatz für ihn gesucht oder gefunden. Auf Grund seines Interesses und wie es in einem Bericht heißt »seines sozialen Verhaltens« wurde er mit 18 Jahren als Krankenpfleger in der Altenpflege des Nervenkrankenhauses eingesetzt.

Ein paar Wochen nach meiner Verhandlung bat ich den zuständigen Arzt um meine Entlassung. Der erklärte mir darauf ganz lässig: vielleicht in zwei Jahren.
Ich war so fertig, daß ich beinahe wirklich verrückt geworden wäre!

Albert berichtet:

An Weihnachten besuchte mich jemand vom Caritas-Verband. Ich erzählte ihm meine Geschichte. Er wollte wissen, was ich werden wollte. Ich sagte: Pfleger oder Pflegerhelfer. Darauf versprach er mir, daß ich Anfang des nächsten Jahres entlassen würde.
Aus der Entlassung wurde nichts. Da kam ich auf die Idee, dem Doktor zu erklären, daß ich Pfleger werden wollte. Sofort wurde ich in Haus IV eingeteilt. Jetzt ging es mir besser. Ich half verbinden, durfte den Blutdruck messen und Patienten füttern. Die Pfleger waren mit mir sehr zufrieden. Ich bekam auch Ausgang!

Die behandelnden Ärzte schreiben an das zuständige Jugendamt:

... Albert sollte in ein Altenheim verlegt werden, um dort in der staatlich anerkannten Schule für Krankenpflegerhilfe einen Kurs mitzumachen.
Der Betroffene ist bereits seit ca. 6 Monaten am hiesigen Nervenkrankenhaus in der Altenhilfe tätig und zeigt bisher entsprechende Leistungen.

Hingegen äußerte das Sozialhilfeamt trotz der Befürwortung der Ärzte »gewisse Bedenken, da Albert bei seiner Vorstellung in dem Altenheim dadurch auffiel, daß er sich gegenüber den Insassen des Hauses etwas distanzlos verhielt!«

Bei meiner Vorstellung in dem Altenheim gefiel mir die Sache ganz gut. Die Alten waren nett – nicht so beknackt, wie die im Nervenkrankenhaus. Man konnte mit ihnen Spaß machen.

Endlich hatte ich dann meinen Entlassungsschein und war frei! Eine Bescheinigung, daß ich im Nervenkrankenhaus schon im Haus IV gearbeitet hatte, bekam ich allerdings nicht.

Bald stellte ich fest, daß die häuslichen Verhältnisse in dem Altenheim so beschissen waren, daß ich am liebsten davongelaufen wäre. Das Gebäude war alt und mies. Nur an den Patienten war nichts auszusetzen. Ich verstand mich gut mit ihnen.

Die Behandlung für sie war so mangelhaft und unsauber, daß ich nicht dort bleiben wollte.

Wenn ich zum Pfleger etwas sagte, brüllte der mich an, wer ich denn wohl sei!

In einer Woche starben fünf alte Leute, die ich gern hatte. Und ich fragte mich, ob das hier wohl die richtige Behandlung sei!

Zu Alberts Straftaten wird während seiner Verhandlung unter anderem im Schuldspruch folgendes angeführt:

Weil ich es nicht aushielt, haute ich ab und stahl vorher aus dem Arztzimmer eine Kassette mit hundert Mark. Ich wurde

Der Angeklagte hat diese Straftaten in einer für ihn besonders schwierigen, wenn auch selbst verschuldeten Situation begangen.

Nach seiner Verhandlung wird Albert in ein städtisches Heim für Jugendliche eingewiesen und durch seine begangenen Straftaten der Bewährungshilfe unterstellt.
In der Begründung des späteren zweiten Gerichtsurteils heißt es unter anderem:

... wurde der Angeklagte vom Stadtjugendamt in ein Heim eingewiesen. Es wurde ihm eine Arbeitsstelle vermittelt, in der er es nicht länger als eine Woche aushielt. Dann verschwand er spurlos. Angeblich will er als Schaustellergehilfe gearbeitet haben. Sechs Monate später nahm ihn das Jugendheim erneut auf. Man besorgte ihm Arbeitsstellen.
Die eine Beschäftigung verlor er wegen mangelnder Arbeitsleistung, die andere, als Packer, weil er einem Arbeitskollegen 10 Mark gestohlen hatte.
Später verließ der Angeklagte das Heim und trieb sich erneut herum.

später bei einem Kaufhausdiebstahl erwischt und bekam für mein Vergehen zwei Jahre auf Bewährung!

Ich erklärte meinem Bewährungshelfer, er solle mir eine Arbeitsstelle als Pfleger besorgen. Aber er lehnte ab und sagte, es wäre besser, wenn ich mein Geld als Fabrikarbeiter verdiente. Er beschaffte mir eine Arbeitsstelle in einer Glaserei, wo ich von früh bis abends mit Glaswolle alten Kitt von Fensterscheiben wegputzen mußte. Ich hielt das zwei Wochen aus und haute dann nach Hamburg ab.
Dort ging ich zu den Schaustellern und verdiente in der Woche 120 Mark. Essen und Schlafen frei. Die Arbeit gefiel mir gut, und zum erstenmal fühlte ich mich richtig frei. Auch gab es keinerlei Schwierigkeiten.
Aber dann kam Post aus Mannheim, und da stand drin, daß meine Bewährung kaputt wäre, wenn ich nicht schleunigst nach Hause zurückkäme.
Das Heim nahm mich wieder auf, und wieder fing es mit der Sucherei nach Arbeit an.
Zuerst Lagerarbeiter, dann

Lagerkehrer und schließlich Packer – alles immer nur ein paar Tage oder Wochen.
Dann bin ich wieder ab nach Hamburg zu den Schaustellern. Sie waren leider nicht mehr da …

… um zu Geld zu kommen, ließ sich der Angeklagte auf dem Hauptbahnhof Hamburg von einem unbekannten Mann ansprechen und mit in dessen Wohnung nehmen. Dort kam es zwischen dem Unbekannten und ihm zu unzüchtigen gleichgeschlechtlichen Handlungen. Für seine Bereitwilligkeit erhielt der Angeklagte – was er von vornherein wollte und beabsichtigte – 50 Mark.
Da alles so gut klappte, begab sich der Angeklagte am folgenden Tag erneut auf den Hamburger Hauptbahnhof. Dort ließ er sich wieder von einem Mann ansprechen, und es kam in dessen Wohnung erneut zu unzüchtigen Handlungen. Diesmal erhielt der Angeklagte einen Geldbetrag von 35 Mark.
Der Angeklagte wurde gegen 11.15 Uhr im Hauptbahnhof Hamburg von der Bahnpolizei gestellt und vorläufig festgenommen.

Als ich feststellte, daß die Schausteller nicht mehr da waren, wußte ich nicht, was ich machen sollte. Nach Mannheim zurück wollte ich nicht, weil ich Angst hatte, daß Kruzer, mit dem ich in der Zwischenzeit ein paar Autos geknackt hatte, und der erwischt worden war, mich verraten würde. Das hatte er ja auch dann getan.
Also ging ich auf den Bahnhof.
Ich wußte von den anderen, daß man mit Schwulen Geld machen kann, ich wußte nur nicht wie, und ich hatte auch ziemlich Angst davor.
Es war aber dann alles halb so schlimm. Ich habe mich zwar anfangs geekelt, aber weil es so schnell ging, fand ich es für das Geld, das ich bekam immer noch besser, als den ganzen Tag Kitt von Fensterscheiben zu kratzen oder Dreck zusammenzukehren.
Schließlich war mir ja zu dem Zeitpunkt sowieso schon alles egal!

Während der Verhandlung wurde das Gerichtsgutachten auf Wunsch des Staatsanwaltes in Gegenwart von Albert verlesen:

Das Gutachten stützt sich auf die Kenntnis der uns übersandten Akten, die eigenen Angaben sowie auf eine eingehende psychiatrische Untersuchung. Der Untersuchte berichtet sachlich, wenn auch etwas weitschweifend über seine Vorgeschichte.

Bei ihm wird eine erheblich primitive, leicht verführbare, emotional außerordentlich labile und noch keineswegs altersversprechend gereifte Persönlichkeitsstruktur erkennbar.

... in der Schule konnte er teilweise recht gute Leistungen erbringen. Es gab jedoch immer wieder Schwierigkeiten in erzieherischer Hinsicht.

... bei der jetzigen Untersuchung räumte Albert die ihm zur Last gelegten Delikte ohne Umschweife ein.

Bei dem Untersuchten handelt es sich um eine erheblich abnorme, primitive, zu kurzschlüssigem Handeln neigende, stark egozentrische Persönlichkeit, die zudem mangelbegabt ist.

Albert sagte dazu:

Erst habe ich gedacht, er wird etwas Gutes über mich sagen. Schließlich hatte er sich lange und freundlich mit mir unterhalten.

Mit der Zeit hatte ich Vertrauen zu ihm gefaßt, und irgendwie erzählte ich ihm gern von mir!

Bei der Verhandlung merkte ich schnell, daß der Doktor mich ganz schön linkte!

Er sprach so schnell, daß ich gar nicht alles richtig mitbekam. Es waren auch sehr viel Fremdworte dabei. Ich verstand eigentlich nur, daß ich primitiv und mangelbegabt sei.

Wenn ich es mir jetzt überlege, war es ziemlich blöd von mir, dem Mann gegenüber so ehrlich gewesen zu sein.

Aber heute meine ich, wenn alle so von mir denken – dann hat es für mich doch keinen Zweck, noch einmal von vorne anzufangen!

Aus dem Urteil:

Der Angeklagte war zur Zeit der Taten 19 Jahre alt und somit Heranwachsender.

... Bei der Frage, welche Maßnahmen gegen den Angeklagten zu ergreifen waren, ging das Gericht von folgenden Erwägungen aus:

Der Angeklagte machte einen ordentlichen Eindruck und war geständig. Ob jedoch seine Einsicht, die er zeigte, eine Hinkehr zum Besseren war, muß bezweifelt werden. Der Angeklagte ist in erheblichem Umfang labil und kritikarm. Es haben sich bei ihm in den letzten 1 1/2 Jahren sehr starke Verwahrlosungserscheinungen gezeigt, die durch den Schuldspruch vom ... nicht aufgefangen werden konnten. Der Angeklagte ist auf Grund seiner Persönlichkeit einfach nicht in der Lage, sein Leben selbst zu gestalten.

Andrerseits ist ihm der Aufenthalt in Heimen verleidet. Er fühlt sich gegängelt und bricht aus.

Auf sich allein gestellt ist er hilflos, geht dann den leichtesten Weg und begeht Straftaten.

Daraus ergibt sich aber, daß bei dem Angeklagten schädliche Neigungen in einem Umfange vorliegen, die die Verhängung einer Jugendstrafe erforderlich machen. Dabei ist zu berücksichtigen, daß gegen den Angeklagten am ... ein Schuldspruch erging und die Entscheidung über die Verhängung einer Jugendstrafe für die Dauer von zwei Jahren zur Bewährung ausgesetzt wurde. Der Angeklagte hat sich nicht bewährt. Schon in kurzer Zeit wurde er erneut straffällig ...

... Das Gericht hat zwar erhebliche Bedenken, ob eine Jugendstrafe überhaupt eine erzieherische Wirkung auf den Angeklagten haben wird. Der Angeklagte ist nach Auffassung des Gerichts durch eine Jugendstrafe nicht zu belehren.

Deshalb kann diese im vorliegenden Fall nur der Sühne dienen.

Unter Berücksichtigung all dieser Umstände hat das Gericht den Angeklagten zu einer Jugendstrafe von einem Jahr verurteilt.

... Darüberhinaus teilt das Gericht auf Grund des Gesamteindrucks, den es sich von dem Angeklagten verschaffen konnte, die Besorgnis des Sachverständigen, daß der Angeklagte sich nach Verbüßung der Jugendstrafe, da diese keinen besonderen Eindruck auf den Angeklagten machen wird, nicht gefangen hat.

Es ist vielmehr als sicher zu befürchten, daß der Angeklagte die wiedergewonnene Freiheit nicht dazu nutzt, anständig durchs Leben zu gehen.

Dafür fehlen ihm einfach die Voraussetzungen.

In Arbeit ist er infolge seiner Minderbegabung nur sehr schlecht zu vermitteln, wobei noch zu berücksichtigen ist, daß sein Arbeitseifer nicht hoch zu veranschlagen ist.

In einem Heim, in dem er nach Auffassung der Jugendgerichtshilfe und auch des Gerichts leben müßte, bleibt er nicht, wie die Vergangenheit gezeigt hat.

Er wird immer wieder aus diesen Heimen ausbrechen, und seine Lebensuntüchtigkeit wird ihn erneut zu Straftaten verleiten, sei es, daß er sie aus eigenem Entschluß begeht, um seinen Lebensunterhalt zu bestreiten, sei es, daß er von anderen dazu verleitet wird.

Insoweit gebietet es die öffentliche Sicherheit, die Unterbringung in eine Heil- und Pflegeanstalt anzuordnen.

Mit anderen, milderen Mitteln kann dieser Gefahr nicht begegnet werden.

Monika Helfer

Ich lieb Dich überhaupt nicht mehr

Roman. 263 Seiten. Geb.
(Auch in der Serie Piper 1343 lieferbar)

»Die Knappheit ist prall vor Intensität; und der Ton ist (selten genug bei Frauen) komisch, pfiffig, witzig.« Süddeutsche Zeitung

Mulo

Eine Sage. 148 Seiten. Geb.

Der Neffe

Erzählung. 125 Seiten. Geb.

Die lebenslustige Tante soll den abenteuerlustigen Neffen während der nachgeholten Hochzeitsreise der Eltern hüten: Daraus entsteht ein an allen Fronten mit äußerster Erbitterung geführter Krieg, den Monika Helfer mit Witz und Raffinesse, aber auch mit all den Schrecken, die dazugehören, zu erzählen weiß.

Die wilden Kinder

Roman. 155 Seiten. Serie Piper 659

»Monika Helfers Buch ist klug, witzig, klarsichtig und von der ersten bis zur letzten Zeile ein Lesevergnügen«, begeisterte sich die »Neue Zürcher Zeitung« über die Geschichten von Bella und Angela. In einer chaotischen Welt der Erwachsenen versuchen sie mit Frechheit, Phantasie und viel Mut ihre Träume vom großen Glück (Angela) und von der kleinen, aber sicheren Ordnung (Bella) zu realisieren. Mit einem nicht zu brechenden Optimismus kämpfen die Kinder zwischen Erst-, Zweit- und Drittvätern und eifersüchtigen Müttern um ihre Geschichte, um ihr Leben.